RICCARDO BRACCAIOLI

Assassino a Bordo

Un thriller del inspector Álex Cortés

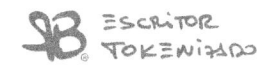

ESCRITOR
TOKENIZADO

First published by ESCRITOR TOKENIZADO 2023

Copyright © 2023 by Riccardo Braccaioli

All rights reserved. No part of this publication may be reproduced, stored or transmitted in any form or by any means, electronic, mechanical, photocopying, recording, scanning, or otherwise without written permission from the publisher. It is illegal to copy this book, post it to a website, or distribute it by any other means without permission.

This novel is entirely a work of fiction. The names, characters and incidents portrayed in it are the work of the author's imagination. Any resemblance to actual persons, living or dead, events or localities is entirely coincidental.

Deposito legale: 2306254672054

First edition

Translation by Anna Maria Golinelli

This book was professionally typeset on Reedsy. Find out more at reedsy.com

...a voi che, leggendomi, rendete tutto possibile

...ai miei genitori

...a Eva

... e al progetto Tokenised Writer, che ora è una realtà.
Asesino a Bordo è il primo libro pubblicato con questo marchio.

Se non ci sono sopravvissuti, chi diavolo racconta queste storie?

                        Pirati dei Caraibi

Prima di **ASSASSINO A BORDO**, c'era

IL SARTO DEL DIAVOLO

Scopri la storia di ciò che è realmente accaduto nella **prima indagine dell'ispettore Alex Cortes** a Barcellona.

IL **PRIMO LIBRO ESCLUSIVO**, completamente gratuito per tutti coloro che si iscrivono al Club dei lettori di Álex Cortés!

UNISCITI QUI!

"Scrivere sulla morte, per parlare della vita"

Riccardo Braccaioli

Questo romanzo è un'opera di finzione.
Qualsiasi somiglianza con la realtà e con i nomi è puramente casuale.

01

Lloret de Mar.

Mentre attraversava Lloret de Mar in una macchina della polizia, Álex Cortés poteva solo pensare al messaggio appena ricevuto, che annunciava la consegna di un nuovo pacco a suo nome. Quel messaggio lasciava aperto il caso precedente e al contempo ne apriva uno nuovo.

I suoni lunghi e acuti delle sirene, costringevano gli altri veicoli a spostarsi dalla loro strada. Le auto entrarono a Lloret e lo attraversarono fino a raggiungere l'avenida che portava a Blanes, la città confinante. Álex pensò a Néstor, che avevano dato per morto in seguito a un incidente sulla strada per Tossa de Mar. Il veicolo in cui si supponeva viaggiasse l'assassino si era incendiato durante un incidente, lasciando il corpo del conducente completamente carbonizzato. Durante l'ispezione della salma, la polizia non aveva ottenuto una certezza assoluta, ma lo aveva identificato in un tentativo fallito di chiudere il caso. Sfortunatamente, il nuovo pacco era la prova che le sorprese non erano finite. Álex, come i suoi colleghi, aveva voluto credere che Néstor fosse morto, anche se aveva sempre avuto il presentimento che quella faccenda non fosse ancora conclusa.

Diverse traverse prima della stazione di polizia, i giornalisti stavano già facendo la guardia. L'arrivo di Álex e della Caporale Karla Ramírez sarebbe stato trasmesso in diretta, nonostante la loro scorta. Le auto della polizia fecero inversione in una rotonda ed entrarono nel parcheggio sotterraneo di un edificio blu con colonne rosse. I flash delle macchine fotografiche iniziarono a scintillare non appena i giornalisti videro Álex, e lui si coprì il viso con una cartella. Non riuscirono a sfuggire ai giornalisti fino a quando alzarono la sbarra.

Quando scesero dalla macchina, il viceispettore della stazione di polizia li stava aspettando.
"Buonasera, sergente Cortés "disse, tendendo la mano". Sono il viceispettore Barba. Grazie per essere venuti così rapidamente.
Álex gli strinse la mano.
"Stiamo solo facendo il nostro dovere "disse girandosi verso la collega. Questa stava prendendo dalla macchina la valigetta per le ispezioni oculari". La mia collega d'indagine, Caporale Ramírez.
L'uomo fece un passo verso di lei e le strinse la mano.
"Avete trovato molto traffico? "domandò il superiore cercando di rompere il ghiaccio.
"Viceispettore "interruppe Álex con tono serio", dov'è?
L'uomo tossì.
"Seguitemi "disse e si diresse verso una porta dietro di lui.

01

I due ispettori seguirono l'uomo fino a una scala. Arrivarono al primo piano, attraversarono un corridoio con vetrate che davano sulla facciata. Davanti a una delle porte sulla destra, quasi alla fine, Barba si fermò.

"L'abbiamo messo qui "disse con tono misterioso e aprì la porta.

Era una stanza interna senza finestre che usavano per le riunioni. Dall'altra parte dell'ingresso c'era una lavagna enorme.

Su uno di quei tavoli lunghi, Álex vide il temuto pacco.

"Abbiamo pensato che questo fosse il posto migliore.

"Perfetto. Chi lo ha consegnato? "domandò Karla facendo un passo verso il tavolo.

"La posta di Lloret. I miei uomini stanno seguendo le tracce in questo momento.

"Quali linee di indagine state seguendo? " chiese Álex.

Mentre loro parlavano, Karla si vestì di bianco, mettendosi i guanti e il cappello. Estrasse una macchina fotografica e iniziò a scattare foto al pacco da ogni angolazione.

"Sono andati alla centrale " rispose Barba ", per seguire le tracce della spedizione, chi l'ha consegnato, quando, dove… insomma, già sapete.

Álex annuiva con la testa, senza perdere di vista ciò che faceva la sua collega.

"Abbiamo agito secondo il protocollo che ci avete comunicato " aggiunse il viceispettore.

"Bene, se non le dispiace, potrebbe lasciarci soli ora?

Il viceispettore aggrottò le sopracciglia.

"Come dice?

"Se è ciò che pensiamo che sia, non è una vista piacevole,

soprattutto se non si è abituati… inoltre, abbiamo bisogno di concentrazione " disse indicando la porta ". Quando avremo finito, la avviseremo.

Il responsabile della delegazione fece una smorfia: non gli era piaciuto affatto essere invitato a uscire. Tuttavia, acconsentì e uscì senza dire nulla.

Non appena chiuse la porta, anche Álex si vestì con l'abbigliamento da ispezione.

Nella borsa non avevano un metro e non potevano stabilire le misure esatte, ma la scatola sembrava uguale alle precedenti.

Si avvicinò al pacco e la prima cosa che fece fu guardare l'etichetta. La calligrafia era diversa, anche se il mittente era già noto: Néstor Luna. Non avevano comunicato quel nome a nessuno, nemmeno ai loro colleghi e ancor meno ai giornali.

Il destinatario era Álex Cortés, con l'indirizzo della stazione di polizia di Lloret de Mar.

"Perché Lloret? " chiese il sergente.

"Lo chiedi a me? " replicò Karla, incrociando le braccia.

"Non vedo molta altra gente qui intorno.

La donna gli porse un cutter.

"Aprilo. Io ti registro mentre lo fai.

Álex prese lo strumento e fece un taglio sul nastro adesivo marrone. La scatola chiusa non emanava alcun odore.

Iniziò ad aprire le falde. Appena le ebbe aperte, sporse la testa per vedere l'interno.

Facendo ciò, un odore di decomposizione attraversò la mascherina. Álex chiuse gli occhi davanti all'immagine desolante: la stessa storia si stava ripetendo, solo in una cornice diversa.

All'interno c'era una busta con resti umani.

La prese con entrambe le mani e la tirò fuori.

01

Era difficile vedere attraverso la busta.

Álex mise a fuoco e capì il motivo: all'interno ce n'era un'altra. Entrambe erano chiuse con due fascette nere e spesse per trattenere l'odore della morte.

All'interno intuì la forma di una testa umana. I capelli lunghi e neri, imbevuti di sangue, coprivano il viso. Le mani, amputate alla base, galleggiavano in un'altra busta insieme ai piedi e a un liquido biancastro che non si mescolava al sangue.

"Abbiamo i resti di un uomo di razza caucasica, dai capelli scuri… " disse Álex mentre Karla continuava a filmare.

Quando stavano per concludere l'analisi, il viceispettore bussò alla porta ed entrò.

"Scusate, ma…

Vide la busta sulla scrivania e si fermò.

Álex si frappose tra lui e il contenuto macabro, nascondendolo alla vista.

"Cosa vuole, Barba?

Barba ingoiò rumorosamente.

"Volevo dirvi che abbiamo l'individuo che ha spedito il pacco. I miei agenti lo hanno localizzato.

Álex sollevò le sopracciglia.

"Dove si trova?

"A casa sua. Abbiamo messo sotto sorveglianza la casa, stiamo aspettando l'ordine per entrare.

"È Néstor?

"No, il tipo che l'ha spedito si chiama Lorenzo Lima. Non sappiamo se Néstor ha a che fare con lui. Non escludono la possibilità che ci siano altre persone in casa.

"Va bene, viceispettore, ma state attenti. Potrebbe essere una trappola.

02

Álex e Karla si capirono con uno sguardo soltanto.

"Rimani tu con questo? "le chiese lui.

"Álex, fa quello che devi fare.

Il sergente le fece una smorfia, si tolse la tuta bianca per l'ispezione oculare e uscì dalla porta. Karla rimase nella stanza mentre Álex e il viceispettore attraversavano il corridoio.

"Viceispettore, cosa facciamo con i giornalisti? "disse Álex guardando attraverso la facciata in vetro.

Questi si fermò e guardò fuori attraverso i vetri blu.

"Ha la patente per la moto?

Álex rimase sorpreso dalla domanda, ma annuì.

Pochi minuti dopo, la pattuglia che aveva accompagnato Álex da Barcellona uscì di corsa dal parcheggio sotterraneo. Non appena i giornalisti e i paparazzi li videro, li inseguirono con i loro ciclomotori. Arrivati alla prima rotatoria, un pullman costrinse l'auto a fermarsi. I flash iniziarono ad abbattersi sul veicolo. Il passeggero si copriva il viso con una cartella, ma in quel momento la abbassò, mostrando il suo volto. Dietro di lui comparve un agente di Lloret, con un sorriso che brillava tra i flash.

"Funziona sempre "disse il viceispettore, guardando la scena dal terrazzo della stazione.

"Ora andiamo, non abbiamo un minuto da perdere "disse Álex.

Si diressero verso il parcheggio sotterraneo, si misero i caschi con visiera scura e avviarono le potenti BMW della Polizia. Accesero le sirene e Álex seguì la moto guidata dal viceispettore. Mentre passavano davanti ai giornalisti, nessuno lo riconobbe.

La casa di Lorenzo si trovava in un complesso residenziale in direzione Girona, verso la città di Vidreres. Appena arrivarono all'ingresso del complesso, c'era un posto di controllo. Parcheggiarono le moto.

"Qual è la situazione? "chiese Barba al responsabile dell'operazione.

"Tutto tranquillo, capo. Sono appena arrivati i GEI "rispose un collega guardando attraverso il binocolo". Sono già posizionati.

Il capo guardò Álex.

"Andiamo, andiamo a prenderlo "rispose il sergente.

Il viceispettore guardò il collega e gli fece segno. Quest'ultimo prese una radio.

"Luce verde. Entriamo.

Le squadre speciali uscirono dai loro nascondigli come felini in agguato sulla loro preda. In un batter d'occhio circondarono la casa ed entrarono sfondando la porta senza preavviso. Si udivano voci, ma nessun colpo di sparo.

L'operazione era in corso.

"Come l'avete trovato? "chiese Álex.

"Ha consegnato lui stesso il pacco in questa stessa città.

"Ma, il servizio postale non ha telecamere!

"È vero, ma il bar accanto le aveva installate solo un paio di giorni prima. Aveva subito diverse rapine notturne e le ha messe per disperazione.

Álex si voltò e guardò la casa del sospettato.

"Non aveva considerato le telecamere del bar "sussurrò Álex e poi chiese". Si vede il volto dell'uomo?

"No, siamo riusciti a seguirlo solo fino all'auto, che era parcheggiata altrove. Abbiamo seguito le tracce di un paio di altri negozi nei dintorni e alla fine siamo arrivati alla targa del veicolo.

"Vediamo se ti abbiamo davvero preso, bastardo" Pensò Álex.

Dopo pochi minuti ricevettero un messaggio via radio.

"Abbiamo l'obiettivo. Missione compiuta.

"Molto bene… "disse il capo delle operazioni, ma Álex gli strappò la radio di mano.

"A chi avete catturato? "disse Álex attraverso l'apparecchio, suscitando lo stupore degli altri due uomini.

"Chi sta parlando? Si identifichi!

"Sono il Sergente Cortés. Voglio sapere chi avete catturato.

"Dalle foto che ci hanno passato, è il proprietario della casa, uno chiamato Lorenzo Lima.

Álex sospirò e restituì la radio al responsabile. Poi prese la moto e, senza mettersi il casco, si diresse verso l'ingresso della casa.

"Chi è quel cretino? "chiese il collega di Barba al comando.

"Il Sergente Álex Cortés "rispose il viceispettore con tono ovvio". Cosa succede, non guarda la televisione?

L'edificio era una piccola villa all'ingresso del complesso

residenziale. Il giardino era invaso da erbacce di varie altezze. Le pareti, originariamente bianche, col tempo e la mancanza di manutenzione avevano assunto una tonalità grigiastra. Le persiane erano abbassate e la vernice era scrostata.

Álex entrò nella casa. Appena varcò la soglia, il capo del GEI responsabile dell'operazione lo riconobbe. Era un uomo massiccio e con un'espressione sul viso che faceva capire una forte esperienza..

"Sergente Cortés "disse, mettendosi in posizione di riposo.
"Riposo. Dove lo avete?
"Seguitemi "disse, attraversando un corridoio.
Nella stanza c'era un forte odore di umidità e polvere. Dall'altro lato c'era il soggiorno. La televisione trasmetteva un episodio de I Simpson, in netto contrasto con la tensione circostante. Il sospettato giaceva a faccia in giù su un tappeto, ammanettato, e accanto a lui c'era un secchiello di gelato con il cucchiaio ancora dentro.

Álex si avvicinò all'uomo e si chinò.
"Dove è il corpo? "gli chiese.
L'uomo aveva lo sguardo perso.
"Lorenzo, te lo ripeto! Dove si trova il corpo della vittima?
"Mi ha detto che tornerà "rispose ridendo". Aspettalo qui con me, perché tornerà.

"Capo, può venire? "disse un agente attirando l'attenzione di Álex.
I tre scesero nel seminterrato.
Il garage era illuminato da una lampadina che pendeva dal soffitto. Poteva contenere circa tre auto. Da un lato c'era un veicolo e dall'altro, contro il muro, c'era una piccola cantina e

molti oggetti.

L'agente arrivò in fondo.

"Abbiamo trovato il cadavere.

"Dove è? "chiese il capo.

"La domanda non è questa, ma piuttosto, in quanti posti?

L'agente sollevò il coperchio di un congelatore: al suo interno c'era una miriade di tuppers e scatole di vario tipo. Il primo sacchetto che tirò fuori conteneva un ginocchio dalle dimensioni umane.

"Questo è uno, ma ce ne sono parecchi altri nei congelatori.

Álex guardò intorno e si rese conto.

Si passò la mano sul viso e sospirò.

"Va bene. Portate il sospettato in commissariato, voglio interrogarlo "confermò Álex.

03

Lorenzo era seduto in una stanza chiusa. Le manette limitavano i suoi movimenti, ma non li bloccavano. Era sempre stato consapevole che un giorno avrebbe potuto finire in una di quelle stanze ed effettivamente, quel giorno era arrivato.

Álex Cortés lo osservava dall'altro lato del vetro. Lo studiava, con le mani appoggiate sul tavolo. Non si perdeva un solo movimento, neanche un dettaglio. Non era Néstor, ma Álex aveva il presentimento che non potesse essere solo un folle qualsiasi. L'uomo disegnava sulla scrivania: linee prive di senso, disegni incompleti e sparsi sul foglio. Guardandolo, Álex si chiese se stesse per affrontare una nuova sfida, una figura ancora più complicata, pronta a stringersi attorno a lui come un polpo.

L'agente appoggiò il caffè sul tavolo e si affrettò ad entrare. Si sedette dall'altro lato del tavolo.
    L'altro non si mosse nemmeno quando lo sentì entrare e continuò a fare i suoi geroglifici.
    "Lorenzo? Sei consapevole del guaio in cui ti sei cacciato?
    L'altro continuò a disegnare.

Davanti all'imperturbabilità dell'uomo, Álex abbassò la testa e lo guardò negli occhi. Li aveva più spalancati del normale, e quell'occhiata lo impressionò: fissa e persa allo stesso tempo. Gli trasmetteva instabilità; il riflesso di un sadico isolato dal mondo e dalle conseguenze dei suoi atti. La pupilla era dilatata, come succede sotto l'influenza di psicofarmaci o droghe psicoattive. Ma il sergente aveva richiesto un'analisi e risultava pulito. Il suo sguardo era quello di un folle, di un sadomasochista, e non era dovuto all'influenza di alcuna sostanza. Álex si propose di capire quanto fosse consapevole dei suoi atti.

"Perché l'hai fatto?

Lorenzo continuò a disegnare.

"Lorenzo, ti conviene collaborare "disse il poliziotto mentre il suo tono smetteva di essere amichevole". È per il tuo bene che rispondi, non rendere le cose più difficili.

Si chinò di nuovo per guardarlo negli occhi e notò che il prigioniero li teneva ancora fissi sul foglio, come se fosse l'unica cosa che gli importasse.

"Chi era? Come lo hai conosciuto? Si può sapere chi era? "gridò, perdendo la pazienza.

Davanti all'incapacità dell'uomo, diede un pugno sul tavolo.

Solo allora si staccò dal foglio, alzò le spalle e lo guardò senza cambiare la sua visione persa e cinica.

"Lorenzo, te lo ripeto ancora una volta, perché l'hai ucciso? "disse di nuovo con un tono negoziatore.

L'uomo si bloccò. I loro occhi si incrociarono. Una piccola espressione apparve sul suo volto, ma non diede segni di voler cooperare.

03

Alla fine, Álex si rese conto che avrebbe ricevuto solo silenzio e impassibilità di fronte alle sue domande. Uscì dalla stanza e tornò nella sala buia.

"Cosa pensi? "chiese Karla vedendolo entrare.

"È fuori di testa, o almeno sta cercando di dimostrarcelo "rispose Álex.

Poi si girò di nuovo e lo guardò attraverso il vetro; stava ancora disegnando.

"E tu, cosa ne pensi? "chiese alla collega.

"Un povero disgraziato, Álex. Stiamo perdendo tempo. È solo un semplice imitatore. Ha preso le informazioni dai giornali e ha creato la sua versione della storia " disse lei, togliendo importanza al prigioniero.

Álex non rispose. Sentiva dentro di sé che c'era qualcosa di più; qualcosa che rimbombava nelle pareti della sua mente come un'ossessione. All'improvviso, quell'idea aveva attivato un interruttore dentro di lui.

"Torno dentro " disse secamente a Karla.

Sbatté la porta aperta, ma Lorenzo non si mosse.

Karla li osservava dall'esterno. C'era un altro agente nella stanza con lei, secondo il regolamento. Le telecamere continuavano a registrare.

Álex spazzò via i disegni con un gesto deciso, e Lorenzo arretrò nella sedia.

"Sai dove è Néstor, vero? " gridò Álex, stanco, con il volto a pochi centimetri dal suo". È venuto a trovarti e sai dove è. Perché non me lo dici?

Un sorriso cinico comparve sul volto del detenuto. Le sue

pupille erano ancora dilatate.

"Parla! Dannazione! " disse Álex, colpendo il tavolo con un pugno.

L'altro poliziotto nella stanza si alzò di scatto. Karla lo trattenne, cercando di calmarlo, anche se non condivideva i modi del collega.

E fu proprio in quel momento che accadde l'inaspettato.

Lorenzo si girò verso Álex e mosse le labbra.

"Cosa dici? " chiese Álex.

L'uomo continuò, e dalle sue labbra uscì un filo di voce.

Álex si avvicinò per ascoltare e capì che stava sussurrando qualcosa.

"Veritas vos liberitabit.

"Come?

"Calmati, poliziotto " disse sussurrando e guardandolo negli occhi per la prima volta". Non preoccuparti... lui ti troverà.

Álex rimase immobile per qualche istante: abbastanza a lungo perché il detenuto si spostasse di lato e spingesse la sedia via. Quando si alzò, afferrò la pistola dalla cintura di Álex e fece un salto all'indietro.

Álex si trovò di fronte a un pazzo che lo minacciava con la sua stessa pistola.

Karla e l'agente irruppero nella stanza.

"Calmati, Lorenzo " disse Álex con un tono conciliante". Dammi l'arma, nessuno deve uscirne ferito.

Lorenzo rise in faccia a Álex. I suoi occhi spalancati e il movimento improvviso fecero aumentare la rabbia interna.

"Lorenzo, restituiscimela " ripeté Álex, avanzando di un passo.

03

"Lontano! " gridò il prigioniero.

Le mani erano ancora ammanettate e la pistola gli tremava. Poi scoppiò in lacrime.

"Veritas… veritas vos liberitabit " disse, guardando Álex.

"Calmati, va bene? " disse Álex cercando di calmarlo". Cosa stai dicendo?

"Ricordati ciò che ti ho detto, poliziotto, ricordati " disse con espressione alterata, e si puntò da solo la pistola alla gola.

"No, no, fermo " disse Álex facendo un altro passo in avanti.

In quel momento, tra le lacrime, Lorenzo premette il grilletto. Il proiettile gli attraversò la bocca, facendogli esplodere la testa. La materia grigia del suo cervello e del sangue si sparse sulle pareti.

"Nooo! "urlòÁlex, facendo un passo indietro e coprendosi il viso.

Il corpo senza vita del detenuto cadde a terra. Rimase in posizione fetale, così come era nato.

Poi regnò il silenzio.

La stazione di polizia fece da cassa di risonanza allo sparo. La commozione fu generale. Tutti affollarono la scena del disastro.

Álex si inginocchiò di fronte al corpo. Si teneva la testa tra le mani, incapace di capire cosa fosse appena successo.

Karla si avvicinò per calmarlo, ma Álex la ignorò e rimase inginocchiato, senza dirle una parola, finché non trovò il foglio con i disegni. Era macchiato da minuscole gocce di sangue.

Vide disegni senza senso e geroglifici incomprensibili, ma c'era qualcosa di più.

Allontanò il foglio dal viso e in quel momento tutto ebbe senso. L'insieme dei disegni formava un'ombra complessa. Tenendolo a distanza poté vedere una mezzaluna, e in quel momento, Álex capì ciò che l'uomo gli aveva sussurrato.

La partita continuava aperta.

04

Palamós, Costa Brava.
Un paio di settimane dopo.

Le onde non disturbavano il movimento del colosso.
La nave, appena uscita dalla città costiera di Palamós, stava guadagnando velocità per raggiungere il successivo porto, Barcellona.
Era la nave da crociera più grande del Mediterraneo. Percorreva ciclicamente le isole e le città più belle del Mare Nostrum: Barcellona, Grecia, Croazia, Venezia, Ancona, Sicilia, Roma, Marsiglia e Barcellona.
La nave, con diverse migliaia di persone a bordo, era una città galleggiante e una delle meraviglie della compagnia di navigazione italiana.

Gildo Falcone aveva iniziato la mattina sul ponte con qualche minuto di sole e lettura: una mattina tranquilla che non preannunciava ciò che sarebbe successo dopo. Lavorava come assistente cuoco sulla nave da crociera, fresco di uscita dalla scuola alberghiera di Roma. Era stato uno dei migliori studenti del suo anno e aveva ricevuto molte offerte di lavoro. Tuttavia, alla fine aveva scelto di salire a bordo della nave.

Figlio di una star della televisione in pensione e di un imprenditore napoletano, non aveva mai avuto interesse a seguire le orme di sua madre nel mondo dello spettacolo né quelle di suo padre negli affari. La cucina non aveva finestre, ma quel posto gli avrebbe permesso di vedere il mondo, imparare lingue e conoscere persone. Questo era più che sufficiente per lui.

Gildo andò a fare la doccia e si preparò per il servizio di mezzogiorno. Mentre si dirigeva verso la cucina, incrociò alcune ballerine dello spettacolo serale e si scambiarono sguardi di reciproca ammirazione. Gli occhiali neri spiccavano tra una chioma ondulata che gli arrivava alle spalle. Con il suo carisma italiano e la bellezza napoletana, suscitava sempre sorrisi al suo passaggio.

Si fermò davanti alla cucina. Come ogni giorno, prima di entrare, si raccolse i capelli in una coda stile samurai. Poi prese una bandana bianca con un punto rosso al centro e se la mise sulla fronte.

Entrò quindi in cucina e accese le luci.

Immediatamente sentì che qualcosa non andava. La cucina era diversa; non si sentiva l'odore asettico della disinfestazione notturna. Invece, nell'aria c'era un odore di bruciato e di pollo arrosto.

Al fondo della cucina c'era una nuvola di fumo che attenuava le luci appese al soffitto.

Gildo si allarmò e accelerò il passo, evitando carrelli e ostacoli.

04

L'odore di pollo arrosto si trasformò in un fetore di piume bruciate.

Arrivò al punto in cui c'erano i forni e i fornelli. La struttura era intatta, ma dall'altra parte dell'isola della cucina si sprigionava una colonna di fumo.

Girò l'angolo e scoprì il problema: c'era un forno acceso, con qualcosa dentro che stava bruciando.

Prese un panno e aprì lo sportello, ma le fiamme impedivano di vedere il contenuto.

Attivò la cappa aspirante alla massima potenza e questa aspirò il fumo. Poi spense il forno e prese un estintore. Lanciò un paio di getti e spense il fuoco.

L'interno era così caldo che gli costò estrarre il suo contenuto carbonizzato.

Quando finalmente ci riuscì, Gildo rimase paralizzato.

C'era un corpo umano nel forno.

Qualcuno aveva cercato di farlo sparire senza lasciare traccia.

Non aveva mai visto un morto, tranne che nelle sue serie televisive preferite.

Dopo alcuni prolungati istanti, riuscì a prendere il telefono e informare il quartier generale.

Avevano un assassino a bordo.

05

La vita di Álex aveva fatto un'inversione a U da quando aveva salvato il figlio del presidente. Dopo quel caso, Néstor era entrato nella sua vita e la comunicazione con Mary da New York si era raffreddata. Álex era stato promosso sergente e aveva formato un team con Karla. Con tutti questi cambiamenti, gli era difficile essere lo stesso di prima.

Álex stava tornando da Sabadell, dove aveva partecipato a una riunione dei Mossos nella centrale. Anche se era presente fisicamente, nella sua mente c'era solo un pensiero: catturare Néstor. Era come un chiodo conficcato nella sua testa che non smetteva di tormentarlo e che gli faceva più male dell'indagine degli Affari Interni sulla negligenza nell'interrogatorio di Lorenzo Lima e il suo suicidio con un'arma regolamentare.

Appena arrivato in commissariato, si fermò nell'atrio. Si riempì un bicchiere d'acqua e si sedette alla sua scrivania. Karla non ci mise molto a comparire dietro lo schermo.
"Com'è andata la riunione?
Álex fece un respiro profondo.
"Una noia, che ti aspettavi?

"Ti va un caffè? Scendiamo in mensa?
"No, fammi controllare le email, ho la casella di posta che fuma.
Karla sparì senza dire altro. Dopo pochi minuti tornò e si sedette accanto alla tastiera.

"Come stai? "gli chiese.
Lui fece un suono di disapprovazione.
"Qui, andiamo avanti.
"Non è una buona risposta "disse e tese la mano verso il pulsante dello schermo e lo spense". Prenditi un caffè con me, ti farà bene parlare un po'.
Álex abbassò lo sguardo.
"Sei testarda come una mula "disse e aprì un cassetto della sua scrivania.
Prese un pacchetto rosso e glielo diede.
"Per me? "chiese lei.
"Non vedo molta altra gente qui. Volevo dartelo questo pomeriggio, ma conoscendo il nostro lavoro, non si sa mai…
Il volto della giovane si illuminò. Lo prese e cercò immediatamente di indovinare cosa fosse, dal peso e dalla forma. Lo scosse.
"È una penna?
"Aprilo, dai "disse Álex.
Lei strappò la carta e all'interno trovò un libro.
"Wow. È l'ultimo di Poveda, *L'Arte dell'Inganno*.
"Mi è piaciuto molto. È ambientato a Siviglia, nel caso un giorno tu voglia andarci, saprai i luoghi più belli della città andalusa.
"È una proposta? "chiese con tono birichino.
"Non esagerare, Karla. "Lei assunse per un attimo un'espres-

sione triste". Un'ora...

"Un'ora di cosa?

"Ho fatto un'ora di fila per farlo firmare "disse Álex mostrandole la prima pagina del romanzo, con una dedica col suo nome". È venuto la settimana scorsa a Barcellona in una famosa libreria e sono andato a comprarti una copia. È per ringraziarti per avermi sopportato in queste ultime settimane, me e il mio carattere difficile.

Lei arrossì e strinse il libro al petto.

"Grazie "gli rispose senza aggiungere altro. Il resto lo disse con i suoi occhi profondi.

"Ora tocca a te invitarmi a un caffè "disse lui puntandole un dito.

"Andiamo! Forza! "disse Karla mentre gli diede una pacca sulla schiena.

Uscirono dall'ufficio quando nel corridoio incontrarono il sovrintendente Rexach.

"Proprio voi stavo cercando... Venite nel mio ufficio!

I due ispettori si scambiarono uno sguardo e lo seguirono. Álex chiuse la porta dell'ufficio del capo e andò a guardare fuori dalla finestra.

"Dovete andare al porto.

"Cosa hai perso lì?

"Hanno trovato un cadavere in un forno su una nave da crociera.

"Omicidio? "chiese Karla e, nel dirlo, si rese conto della sciocchezza appena detta.

"Hai mai visto qualcuno suicidarsi in un forno?

"Non puoi mandare il caporale Puigvert? "chiese Álex, un po' irritato.

"È occupato con un altro caso. Ho solo voi, gli altri agenti e i caporali non possono farlo "disse il capo mettendo in mostra il suo lato più negoziatore". Forza, è un caso semplice e ho bisogno che lo risolviate rapidamente.

"In più? Cosa vuoi dire con "rapidamente"? "chiese Álex.

"La nave fermerà solo due giorni a terra. Non può stare di più.

"No, capo, io non posso. Ho ancora un bel pasticcio con il caso di Néstor. Ho bisogno di tempo.

"Il caso Néstor non esiste. Néstor è morto e quel caso è chiuso.

"Cosa vuoi dire con è chiuso? "disse Álex alzando la voce". Lo sai meglio di me che quel caso non è chiuso. Dannazione!

"Ufficialmente il caso è chiuso.

"Ma… "disse Álex e fu interrotto.

"Basta! Alex, non voglio discutere di più su questo argomento. Se continui così, ti sospendo per un bel po'.

"Va bene, capo. Ci occuperemo del caso della nave da crociera "disse Karla mentre si alzava e allungava le mani come per calmare gli animi.

Le urla si fermarono e le emozioni si calmarono.

Karla guardò i due superiori, aspettando una mossa da parte di uno di loro.

"Sei il migliore, Álex, e con Ramírez sono sicuro che sarà un gioco da ragazzi per voi "disse cercando di stemperare la situazione". Prendi, qui avete tutto.

Álex prese la cartellina. Poi, la sua espressione cambiò quando vide la foto del cadavere. Sollevò le sopracciglia.

"Va bene, capo. Andremo a dare un'occhiata "disse Karla mentre prendeva per un braccio Álex e lo trascinava fuori dall'ufficio.

"Tenetemi informato "disse il capo mentre chiudevano la

porta.

"Dai, andiamo, fannullone "disse lei". Il nostro caffè dovrà aspettare.

06

La pattuglia attraversò la città.

Karla e Álex non impiegarono molto a scorgere la gigantesca nave ormeggiata al porto. Era così grande che dava la sensazione di essere un collage: un sovrapporsi di foto su uno schermo, con una proporzione sbagliata.

Uscirono dalla Ronda Litoral ed entrarono nel porto, superando il controllo d'accesso. La nave da crociera era isolata all'ultimo ormeggio. Il gigante marino era collegato alla terraferma solo da un piccolo ponte pedonale, sorvegliato da due auto della polizia e colleghi armati che controllavano l'accesso.

Parcheggiarono e si resero subito conto di essere davanti a una delle più grandi navi da crociera del mondo. Vedere quel grattacielo rovesciato galleggiante era impressionante. Doveva essere alto circa sessanta metri, circa quindici piani.

Álex si sentì minuscolo.

I trecento metri di lunghezza sporgevano dal piccolo e abbandonato molo, sia a poppa che a prua.

I due ispettori rimasero immobili e a bocca aperta davanti a quella costruzione faraonica finché non furono avvicinati dai loro colleghi, seguiti da un uomo in giacca e cravatta.

"Buongiorno "disse l'uomo con un tono gioviale". In cosa posso aiutarvi?

"Siamo il caporale Ramírez e il sergente Cortés. Veniamo a trovare il capitano.

"Ottimo, vi stava aspettando "disse e lo comunicò via radio". Seguitemi!

Karla e Álex si scambiarono uno sguardo e lo seguirono.

Attraversarono il ponte. Entrando, la musica festosa che proveniva dall'alto li fece sentire come se fossero in vacanza. Il tappeto blu e le foto di paesaggi caraibici li fecero sentire come se stessero entrando in una città vacanziera a Zanzibar.

Nei corridoi, membri dell'equipaggio e passeggeri camminavano spensierati, ignorando quanto fosse appena accaduto.

Il profumo floreale dei deodoranti permeava i corridoi.

Dopo diverse porte, arrivarono a un ascensore in vetro. Entrarono e l'impiegato inserì una chiave e premette un pulsante.

L'ascensore iniziò a salire rapidamente. Da quella posizione, cominciarono a vedere un cortile interno pieno di piante, quasi come un giardino botanico.

Álex fece un passo indietro, allontanandosi dal vetro, e inghiottì rumorosamente la saliva.

"Non preoccupatevi, la prima volta fa sempre questo effetto "disse l'impiegato, orgoglioso di lavorare in quel luogo.

L'ascensore si fermò.

"Per favore, seguitemi "disse l'uomo, indicando la direzione con il braccio teso.

Dietro di loro, le porte si erano aperte.

Passarono in un vestibolo, dove si aprì una porta automatica con la scritta "Ponte di Comando".

Attraversando la soglia, i due ispettori videro avvicinarsi un uomo che sembrava essere il capitano della nave.

"Finalmente! Meno male che siete arrivati "disse l'uomo, la cui uniforme era ricca di medaglie e distintivi colorati". Vi stavamo aspettando. Venite da questa parte, per favore.

"Lei è? "disse Álex.

L'uomo si fermò, sorpreso. Poi guardò il giovane in uniforme che li stava accompagnando e questi si strinse nelle spalle.

"Non ve l'hanno detto? "disse l'uomo sorpreso". Capitano Phillip Wolsen "aggiunse, tendendo la mano al poliziotto, con un forte accento tedesco.

Il sergente gli strinse la mano dopo averla osservata.

"Lei è Cortés, giusto? Álex Cortés in persona.

"Siamo venuti a dare un'occhiata.

"Sì, sì, ora arriviamo a questo "lo interruppe il capitano". Per favore, vieni qui, Álex. Veronika? Dov'è finita Veronika? Dov'è la mia segretaria?

"Arrivo, sono andata a prendere la macchina fotografica "disse la donna affrettandosi.

Prima che Álex riuscisse a reagire, veniva già puntato con la macchina fotografica.

"Cheese! "esclamò lei scattando una raffica di foto". Metteremo la sua foto con il capitano nel corridoio dei famosi "concluse con un tono civettuolo, strizzandogli l'occhio.

L'espressione di Karla lasciò chiaro che non apprezzava affatto l'atteggiamento della segretaria, sebbene solo Álex se ne accorse.

Sullo sfondo si vedeva la sala di comando. Era tutto il

contrario di ciò che Álex si aspettava da una nave del genere. Non c'erano finestre sul mare, solo schermi e monitor sulle pareti. Le consolle di comando erano piene di pulsanti, luci e qualche joystick. Quello sembrava più una sala di controllo della NASA che un ponte di comando di un transatlantico.

"Lei è una celebrità "disse il capitano, che parlava a una velocità vertiginosa". Quando ci è capitato questo abbiamo deciso di arrivare fin qui per vedere se potevamo gestire la cosa con… "Si avvicinò e gli sussurrò". Discrezione.

"Discrezione?

"Certo! Cosa dovrei dire ai passeggeri? Che non possiamo sbarcare a Barcellona perché abbiamo un cadavere in cucina? È impazzito? Smetterebbero di mangiare sapendo dove abbiamo trovato il cadavere.

"Un momento, capitano…

"Chiamami Phillip, per favore.

Álex si schiarì la voce.

"Capitano, mi sta dicendo che ha trattenuto i suoi ospiti?

"Esattamente, Álex, ma posso confermarlo solo per due giorni, da stamattina che siamo attraccati. Abbiamo inventato un guasto al motore e un problema di documenti per impedire alle persone di scendere. Qualcosa di surreale, ma ha funzionato. In realtà hanno due giorni pagati a nostre spese, il motivo è importato poco, ma chi non sarebbe soddisfatto? Insomma, ha due giorni "disse guardando l'orologio". Siamo a martedì e sono le 17:32. Giovedì sera alle 22:00 lasceremo scendere i viaggiatori e la mattina dopo salperemo verso Malta. Con o senza l'assassino scoperto. Capisce ora perché ho bisogno di lei? "concluse sfoggiando il suo miglior sorriso forzato.

Poi ci fu un silenzio imbarazzante.

Álex incrociò le braccia.

"Hanno identificato la vittima?

"L'equipaggio lo sta indagando.

"Chi ha trovato il cadavere?

"Un aiuto cuoco.

"E non potrebbe essere lui l'assassino? "chiese Álex alzando un sopracciglio.

"No. Abbiamo bisogno che ci aiuti tu a trovarlo.

"No? Come fa ad essere così sicuro?

"Perché è un italiano "casanova", quella notte era in una cabina con una ballerina dello spettacolo. Ci sono testimoni. Anzi, lui vi aiuterà nelle indagini, conosce la nave ed è meglio che stia lontano dai fornelli.

Álex sospirò e fece un passo indietro.

"Molto bene, manderemo il miglior ispettore della commissariato di Barcellona: la caporale Karla Ramírez "disse Álex e continuò con tono sorpreso". Ehi, ma se già è qui, che fortuna, capitano!

"Phillip, per favore, chiamami Phillip "rispose secco". E no, voglio lei.

"Permetta che le dica una cosa… sarà Ramírez a occuparsi di questo caso, e se ci mettiamo più di due giorni, non si preoccupi: questa nave non si muoverà da qui, ne sono certo "disse Álex e senza attendere la risposta del capitano si voltò.

"6.259 persone stanno aspettando che si metta mano all'opera.

"Me ne vado, capitano. È stato un piacere conoscerla "disse Álex aprendo la porta.

"Non sa con chi sta parlando. Questa è la più grande compagnia di crociere del mondo. Lo capirà "disse appena prima che la porta automatica si chiudesse.

Con la porta si chiuse l'opportunità di tornare indietro. Álex uscì dalla sala di controllo, contrariato.

"Aspetta, Álex, perché hai trattato così quell'uomo? "lo interrogò Karla, stupita.

"Nessuno deve dirmi cosa fare, tranne Rexach. Ho ancora del lavoro in sospeso a Lloret "rispose lui a voce bassa mentre attendevano l'ascensore nella hall.

"Quest'uomo è arrogante, è evidente, ma ha insistito che fossi tu. Forse dovresti considerare l'offerta.

"Non capisci? Néstor è ancora vivo e tu insisti su questa faccenda che potremmo affidare a un altro collega. Non vedi che stiamo trascurando un assassino seriale? "disse Álex, un po' disperato". Non lo vedi?

"Rexach aveva ragione, avremmo dovuto toglierti quel caso, ti sei troppo coinvolto.

"Troppo coinvolto? Karla, mia sorella ha perso la sua mano destra. Devo ricordarti che è una scrittrice? "disse con tono stanco". Devo ricordarti le morti causate da Néstor?

"Lo so Álex, ma ora tocca a questo, sembra un caso interessante e mi piacerebbe che lo indagassimo insieme "disse lei, cercando di consolidare la situazione"Vuoi farmi un favore? Giacché siamo qui, diamo un'occhiata, vieni con me. Poi torneremo indietro "disse guardandolo negli occhi". Mi accompagni? Per favore!

Álex aveva smesso di guardarla da un po' perché sapeva che lo avrebbe portato dalla sua parte.

Sospirò.

"Non so come fai "disse grattandosi la testa". Ma rendi breve questa visita turistica.

07

Álex e Karla attraversarono la nave.

Le attività erano organizzate con tutti i lussi per intrattenere i passeggeri che, senza saperlo, erano diventati ostaggi delle proprie vacanze.

Il marinaio ben vestito che li aveva accompagnati dal capitano li condusse nelle viscere della nave.

"Come ti chiami? "chiese Álex.

"John. Sono inglese.

"John, come ti orienti qui? È un labirinto, non avete un GPS per orientarvi?

Il ragazzo rise.

"No. Ci si abitua molto rapidamente. È come la mappa di una città romana.

All'inizio i due ispettori non capirono.

"Sì, è tutto quadrato. È molto chiaro cosa c'è in ogni piano.

Álex annuì, anche se non aveva del tutto capito.

Attraversarono alcune cabine e giunsero davanti a una porta doppia, chiusa e presidiata da due Mossos d'Esquadra. Sopra di essa si leggeva "Cucina n°4".

"Numero quattro?

"Abbiamo dieci cucine su questa nave.

"Come?

"Sì, con sei mila persone, abbiamo bisogno di molti... Cuochi!

Álex annuì, mentre il giovane chiedeva il permesso di passare.

"Mi dispiace, non possono passare "rispose l'agente di guardia.

"Viene con noi "disse Álex mostrando la placca.

Il collega lo salutò e si allontanò dalla porta, indicando il materiale degli esami oculari.

L'interno del luogo puzzava di piume di pollo bruciate.

La cucina era tutta in acciaio inossidabile, splendente. Solo il pavimento e il soffitto erano bianchi; il resto era di un grigio uniforme.

Álex accelerò il passo. Ormai non aveva più bisogno che John lo accompagnasse.

La cucina si aprì davanti a lui. I colleghi del reparto scientifico, con i loro camici bianchi, stavano fotografando tutto lo spazio.

Il forno era ancora sporco, con la grande porta aperta. Il cadavere dell'uomo non c'era più.

Álex si accovacciò davanti al buco.

"L'hanno appena portato via, poco fa, pochi minuti fa "disse una voce alle sue spalle.

Si girò, riconoscendo la voce.

"Sei qui? "salutò Mario, il suo collega del reparto scientifico". Hanno richiamato tutti i pesi massimi della stazione di polizia "concluse sorpreso.

"Sì, hanno un assassino a bordo e vogliono trovarlo il prima possibile.

Álex emise un suono gutturale.

"Cosa puoi dirmi?

"Poco. Hanno messo un uomo qui dentro e hanno acceso il forno alla massima temperatura. Il resto lo puoi vedere con i tuoi occhi.

"Qualche indizio che l'assassino potrebbe aver lasciato?

"Tutto pulito. Non ci sono impronte, né tracce organiche, niente.

Álex aggrottò la fronte.

In quel momento entrò attraverso le porte basculanti l'assistente di cucina. Il suo volto era visibilmente colpito.

"Gildo, per favore "lo chiamò il marinaio che faceva loro da guida". Vieni qui.

Il neo-arrivato attraversò la cucina sotto lo sguardo analitico degli agenti di polizia. Indossava il suo abito bianco, impeccabile. I capelli, che sembravano lunghi, li portava raccolti in uno chignon più tipico di un guerriero giapponese che di un cuoco.

"Gildo è il secondo aiuto che…

"Aiuto cuoco "lo corresse l'altro.

Il marinaio tossì e continuò.

"Comunque, è stato lui a trovare il cadavere "continuò". Ve lo lascio, il capitano ha espresso il desiderio che vi aiuti nelle indagini. Immagino ve lo abbia detto.

"In realtà no. Non ha detto nulla su di lui "aggiunse Álex.

"Comunque, come potete immaginare, abbiamo molto lavoro.

"No, aspetti, non ci ha detto niente "ribatté Karla". Non ci ha detto il nome… sanno chi sia il cadavere?

"No. Non lo sappiamo.

I due detective rimasero sorpresi.

"Cosa vuol dire che non lo sanno? "replicò Álex". Sta dicendo che non sappiamo chi sia?

Il marinaio annuì.

"E come pensano di scoprirlo?

"Abbiamo tutto il personale delle pulizie che sta entrando in tutte le cabine, e il resto del personale a bordo sta facendo un censimento.

Álex si passò una mano sul viso.

"Va bene, lo informeranno la caporale Ramírez "disse poi, indicando la sua compagna.

"Grazie, ma avremmo bisogno di un elenco di tutti i passeggeri "disse Karla.

John inghiottì rumorosamente.

"Vedrò cosa posso fare "disse e se ne andò.

Álex annuì con la testa. Poi tese la mano a Gildo e quest'ultimo la strinse.

"Il mio nome è Álex Cortés, sono sergente dei Mossos d'Esquadra "disse e poi presentò i suoi colleghi.

"Gildo?

"Falcone, Gildo Falcone.

"Italiano?

"Romano.

Álex aggrottò la fronte.

"Beh, italiano di Roma.

Il poliziotto annuì come se avesse capito.

"Gildo, per favore, puoi spiegarci cosa è successo?

"Niente. Sono entrato come al solito, sapete, sono il primo ad arrivare, accendo tutto e poi vengono gli altri.

"Cosa intendi per "accendo tutto"?

"Le luci, i forni... insomma, preparo tutto per quando

arrivano gli altri.

"Bene, cos'altro? Cosa è successo questa mattina?

"Sono entrato e prima ho notato un fumo insolito. Non era normale, come se qualcuno avesse lasciato il forno acceso con qualcosa dentro.

Álex annuì con la testa.

"Non hai visto nessuno nel corridoio o che uscisse dalla porta? Nessuno?

Gildo scosse la testa.

Il poliziotto gli fece un cenno di continuare.

"Quando mi sono reso conto che c'era qualcosa che non andava, sono andato direttamente verso la colonna di fumo, ho preso uno straccio per non scottarmi e ho aperto la porta "disse, indicando il forno, e poi tacque.

"Sì, non deve essere stata una vista piacevole "disse Karla, posando la mano sulla spalla del giovane italiano.

Questi scosse la testa.

"Ok Gildo, ma non hai notato niente di strano? Qualsiasi dettaglio, come era vestito… "disse Álex, scrollando le spalle". Qualunque cosa…

Gildo scosse la testa.

"Non saprei dirvi.

"Va bene "disse Karla". Grazie, Gildo.

L'italiano abbassò la testa solo per un attimo, poi la sollevò, cambiando espressione.

"Aspetta, c'è qualcosa che ho notato e penso sia importante "disse l'italiano, catturando di nuovo l'attenzione dei poliziotti". No, è molto importante! "esclamò, indicando il soffitto". Mi sono appena reso conto che non si attivò!

08

I dettagli più insignificanti in un'indagine sono quelli che fanno la differenza.

Il che Gildo aveva appena ricordato poteva essere uno di questi.

Álex non capì nulla.

" Cosa non si attivò?

" Quando sono entrato, la cucina era piena di fumo. È stata la prima cosa che ho notato.

" Sì, l'hai già detto.

" Sì, ora le spiego, agente " disse, poi si schiarì la voce ". Se avessi voluto carbonizzare qualcuno nel forno più potente della cucina, avrei attivato questo " conclude, indicando il soffitto, dove era appesa una struttura enorme ". Avrei acceso la cappa d'estrazione. Gli agenti annuirono.

" Ah, capisco " disse Álex ". Certo, per far uscire il fumo " aggiunse con incertezza.

" Sì, mi ha colpito.

" Perché, Gildo? " chiese Karla.

" Perché sarebbe stata la prima cosa che avrei fatto per evitare che l'odore del cadavere rimanesse in cucina, per non attirare l'attenzione e per nascondere il corpo. Ma la cosa più importante è che accendere questa "bestia" non è semplice: la spina è qui " disse il giovane assistente di cucina.

Poi si girò e lo collegò, generando un grande rumore e facendo sì che l'aria di tutta la superficie dei fornelli scorresse attraverso il dispositivo.

" L'uomo che ha messo il cadavere qui non era di qui! " gridò Gildo, in modo che gli agenti lo sentissero nonostante il rumore ". Suppongo che per questo non sapesse dove collegarlo e non sapeva dove si trovasse la presa.

" Capisco! Ora puoi spegnerlo! " gridò Álex.

L'italiano obbedì. La ventola rallentò e il rumore si attenuò.

" Grazie, molto meglio. Quindi, secondo te, non è qualcuno del team di cucina, giusto? " chiese Álex.

L'italiano alzò le spalle.

" Non lo so, vi sto solo dicendo cosa penso e cosa avrei fatto io.

" Va bene " disse Álex facendo alcuni passi nella direzione opposta a tutti ". Ma se fosse così, come avrebbe portato qui questo uomo? E, ancora più interessante, come sapeva che poteva avere la cucina tutta per sé, che non avrebbe avuto problemi a incontrare nessuno e che avrebbe avuto il tempo di carbonizzare la sua vittima?

Gildo incrociò le braccia, mentre Karla guardava in giro. Ci fu un momento di silenzio.

" Certamente, agente.

L'italiano attraversò la cucina ad un passo veloce. Arrivò alla porta, prese qualcosa e tornò indietro.

" Per questo " disse mostrando un foglio.

Álex lo prese.

" Cos'è?

" Sono gli orari e i turni di cucina. Lo chef li mette ogni settimana sulla porta. Qualcuno potrebbe aver guardato questo orario e saputo quando la cucina era vuota per entrare.

Karla rimase sorpresa dalla perspicacia dell'italiano, e Álex girò il foglio, guardando lei.

" Sai cosa significa, Karla? " Lei lo guardò, in attesa ". Che con Gildo sei in buona compagnia. Farete un buon team d'investigazione " disse, restituì il foglio all'italiano e si diresse verso la porta.

Karla non capì completamente al primo colpo.

"Cosa stai facendo?

"Vi lascio indagare da soli "disse senza girarsi mentre attraversava la cucina". Fate un buon team. Il ragazzo è abile.

"Ma non hai sentito il capitano? Abbiamo bisogno di te! Dove vai?

"Ti chiamerò domani "disse Álex.

"Domani? Sei pazzo?

"Se fossi in voi, inizierei con le telecamere di sorveglianza. Questa nave è piena di esse "disse Álex sulla soglia della porta. Fece l'occhiolino alla collega e sparì.

"Álex? "disse Karla senza ricevere risposta.

Karla e Gildo si guardarono.

"È sempre così? "chiese lui.

Lei sospirò.

"… E peggio "rispose con una smorfia.

"Posso andare ora? Hai ancora bisogno di me?

"Aspetta, resta qui. Ho bisogno che mi accompagni nella sala di videosorveglianza "disse la detective con tono divertito". Aspettami un momento.

Poi si girò e attraversò nuovamente la cucina. In fondo, i

colleghi della polizia scientifica continuavano a fare foto e a spolverare le superfici in cerca di impronte.

"Avete trovato qualcosa di nuovo?

"No, l'assassino è un professionista, non ha lasciato nemmeno una sola impronta.

Lei annuì, guardando la superficie e gettando un'ultima occhiata al forno.

"Se trovate qualcosa, chiamatemi "disse all'agente e tornò alla porta.

"Andiamo? "chiese Karla a Gildo". Sai dov'è la sala delle telecamere?

"Non ne ho idea, ma credo che la troveremo "disse Gildo facendo un cenno a Karla di passare prima.

Karla aprì la porta e percorsero il corridoio da cui erano entrati, ma in direzione opposta.

"Di dove sei in Italia?

"Roma. Ci sei stata?

"Di passaggio, ma non abbiamo visto quasi niente.

"È bellissima, se vieni un giorno, ti accompagno, ti mostro tutte le sue bellezze e i posti non turistici.

Karla lo guardò e alzò un sopracciglio.

"Mi fido delle tue parole!

"Fatto! "rispose lui, tendendole la mano.

Lei gliela strinse senza rallentare il passo. Il corridoio era stretto, con moquette blu e pareti di un tono caldo. Le porte con numeri e maniglie dorate si susseguivano su entrambi i lati. Sul soffitto, su ogni lato, c'era una telecamera video di ultima generazione e di dimensioni ridotte. La musica d'ambiente accompagnava i passeggeri che percorrevano il corridoio. Alla fine di questo, presero l'ascensore fino al patio centrale con il giardino, da cui continuarono la ricerca della sala delle telecamere.

Álex attraversò la passerella della nave fino a tornare sulla terra ferma e si congedò dai colleghi che presidiavano l'ingresso.

Presto arrivò un taxi e in pochi minuti era sulla Ronda Litoral.

Álex guardò fuori dal finestrino, osservando le macchine che lo seguivano dietro al taxi nero e giallo. Il conducente lo guardava senza fare domande, con aria preoccupata.

Ormai da settimane il volto di Álex Cortés non compariva più nei telegiornali e i cittadini non lo riconoscevano più facilmente.

Il veicolo uscì sulla Meridiana, una trafficata arteria di Barcellona, e deviò in una strada trasversale.

Il poliziotto indicò il punto in cui fermarsi. Pagò e aspettò che il tassista se ne andasse.

Appena la macchina sparì di vista, Álex cambiò direzione e si infilò in un'altra strada. Dopo l'accaduto con Néstor Luna, aveva aumentato le precauzioni.

Néstor compariva nei suoi sogni e nei suoi pensieri costantemente, e non riusciva a liberarsene. Era convinto che fosse ancora vivo e che stesse giocando con lui al gatto e al topo.

Una volta accertatosi che nessuno lo stesse seguendo, si infilò in un'ultima strada e suonò il campanello. Si identificò ed entrò.

Salì le scale e non appena comparve sul pianerottolo, la porta si aprì. La prima cosa che vide furono scatole. Montagne di scatole, frutto di un trasloco improvviso dovuto agli ultimi eventi.

"Ti hanno seguito? "chiese la donna che gli aveva aperto la porta.

"No, tranquilla "la tranquillizzò Álex mentre le dava un bacio sulla fronte". Ma devo dirti qualcosa che devi sapere.

09

Karla e Gildo trovarono la sala di sorveglianza.

I due si scambiarono uno sguardo complice per vedere chi avrebbe premuto il pulsante dell'interfono.

Lei mise a fuoco lo sguardo finché l'affascinante italiano le fece un cenno che lasciava decidere a lei, e Karla suonò il campanello.

L'agente alzò lo sguardo e notò che una telecamera puntava direttamente verso la porta.

"Sì? "si sentì dire dall'interfono.

"Buongiorno, siamo il caporale Ramírez e l'aiuto cuoco Falcone, dell'equipaggio.

"Cosa volete? "chiese una voce femminile.

"Polizia, siamo stati mandati dal capitano "disse Karla e si fermò quando si accorse che un passeggero passava dietro di lei". Potrebbe aprirci e possiamo spiegarle dentro? "concluse mostrando la placca alla telecamera.

Ci fu un momento di silenzio e poi la porta si sbloccò.

Una volta dentro videro la stanza buia delle telecamere di sorveglianza.

La crociera era come una fortezza medievale, ma in versione moderna. Nella stanza c'erano due persone; un uomo e una donna, di fronte a numerosi schermi. Due pareti piene di monitor di grande formato alternavano un collage di finestre piccole e grandi e mostravano l'ecosistema nautico che risiedeva sulla nave.

Persone minuscole, in ambienti diversi, si muovevano dimenticando di essere osservate e registrate da un "Grande Fratello" che era la stessa nave.

L'impiegata alzò gli occhi e osservò le due persone che avevano appena invaso il suo spazio di lavoro. Masticava una gomma con la bocca aperta. Li guardò per un momento sopra gli occhiali e tornò a monitorare il suo piccolo mondo.

"Posso sapere cosa volete?

I due investigatori si scambiarono uno sguardo.

"Stiamo cercando registrazioni legate alla morte dell'uomo.

La donna fece schioccare la lingua con fastidio.

"Lei chi è? "chiese Karla.

"Mi chiamo Filomena "disse l'operatrice delle telecamere con un chiaro accento italiano.

Indossava un cappellino al contrario dei New York Yankees. Karla le avvicinò la mano per stringerla, ma Filomena la guardò, masticò un paio di volte la gomma e, senza stringerla, si voltò di nuovo verso il suo mondo illuminato nello schermo.

"Italiana? "chiese Gildo". Io sono di Roma. Da dove vieni?

Lei non rispose.

L'aiuto cuoco esaminò quella che sembrava essere una sua connazionale. Era chiaramente infastidita perché avevano invaso il suo spazio.

"Cosa volete vedere? "rispose Filomena con tono ancora più secco.

"Possiamo vedere le registrazioni del corridoio della cucina numero 4?

La donna non rispose, iniziò solo a masticare e continuò a cercare nel sistema. Sullo schermo centrale sparì il mosaico delle piccole finestre per lasciare spazio a una delle registrazioni dell'area che stavano cercando.

"A che ora?

Karla le disse l'ora della morte.

Cominciarono a retrocedere nel passato. Le silhouette delle persone si muovevano a grande velocità, finché qualcosa attirò l'attenzione di Gildo.

"Aspetta, rallenta.

La velocità del nastro si fece più lenta.

"Ora, ferma l'immagine. Guarda: quest'uomo non dovrebbe essere lì.

Un uomo uscì dalla cucina con un carrello. Lanciava occhiate furtive intorno a sé, come se stesse per compiere qualcosa di poco legale. Il cappello che indossava era diverso dall'uniforme che aveva addosso.

"Continua, piano piano.

L'immagine si mosse lentamente fino a quando l'individuo, con un berretto che non gli copriva gli occhi, entrò nella cucina con un carrello di biancheria sporca.

"Non usiamo questo tipo di servizio interno. Riceviamo i vestiti altrove.

"Lo abbiamo trovato. Questo è il nostro uomo. Dobbiamo seguirlo "disse Karla". Puoi farmi una copia delle registrazioni e una cattura di questo fotogramma?

La donna si voltò un po' infastidita.

"Nient'altro? Un caffè magari?

"Sì, magari sì, ma per ora no "rispose la detective con la

stessa ironia ricevuta". Per favore, abbiamo fretta.

Filomena obbedì agli ordini. Dall'altra parte della stanza, dalla stampante uscì la stessa immagine dello schermo.

"Bene, ora vediamo dove va con quel carrello di biancheria sporca.

Mentre l'operatrice cercava, Karla guardò la foto stampata.

"Lo conosci? "chiese a Gildo.

L'uomo indossava una divisa, nello specifico quella del reparto lavanderia. Quello che spiccava di più era il cappello, strano. Sembrava avere una stampa a quadri di colore grigio.

"Non l'ho mai visto prima.

"Quello è un berretto alla marinara "confermò Filomena con tono pedante.

"Come dici? "chiese la poliziotta.

"Porca miseria! Quel cappello che indossa si chiama berretto alla marinara. È un tipico berretto maschile scozzese "confermò parlando come una professoressa a studenti ignoranti.

Karla e Gildo si guardarono e aggrottarono le sopracciglia.

"Comunque, torniamo alle telecamere.

"Questa è la telecamera del terzo piano dove c'è la lavanderia. Qui finisce la registrazione e perdiamo l'immagine.

"Certo, qui l'assassino riporta il carrello al suo posto. Continua a retrocedere velocemente "disse Gildo.

Le immagini continuarono; persone entravano ed uscivano. Dopo pochi minuti, l'uomo uscì nuovamente dalla stanza.

"Eccolo qui "disse Karla". Guarda come sapeva che avremmo controllato le registrazioni! Si copre il volto con il berretto scozzese. Maledizione.

"Qui lo perdiamo di nuovo "disse la donna responsabile delle registrazioni". Questo ascensore dà accesso a tutti i piani, chissà dove si sta dirigendo.

"È importante saperlo. Dovrai verificare registrazione per registrazione, piano per piano.

La giovane si girò e guardò Karla, contrariata.

"Sei fuori di testa? Sai quanto ci vorrebbe per farlo?

"Non me ne importa assolutamente niente. Devi farlo, il capitano ci ha dato massima disponibilità. Ma prima voglio tornare alle telecamere della lavanderia. Retrocedi finché non entra qualcuno che non fa parte dell'equipaggio.

Retrocesse nuovamente l'immagine a grande velocità, finché un uomo con pantaloncini corti e camicia hawaiana entrò nell'immagine dall'ascensore. Era basso e robusto. Dopo pochi passi, guardò qualcosa che teneva in mano.

"Fermati "disse Karla". Cosa sta guardando?

"Non si vede bene "disse la giovane ingrandendo l'immagine.

"Sembra un telefono cellulare. Forse l'assassino gli ha mandato un messaggio "rispose Gildo.

Karla si appoggiò sul tavolo e ordinò di stampare anche quell'immagine.

"Va bene, continua.

L'uomo alla fine entrò dalla porta. La registrazione proseguì per un po', ma l'uomo non riapparve mai.

"Vedi, non esce più, perché è il nostro uomo. L'uomo in camicia hawaiana è il cadavere del forno. Lo stesso che si trovava nel carrello della lavanderia guidato dall'assassino "disse Karla". Dobbiamo scoprire chi è l'uomo in camicia hawaiana e chi gli ha mandato quel messaggio, cioè l'assassino. Dovrai retrocedere e controllare tutte le telecamere.

La ragazza si coprì il viso con le mani.

"Quando avrai finito, chiamaci per la revisione. Questo è il mio numero, puoi chiamarmi non appena hai finito "disse

Karla lasciando un biglietto da visita sulla scrivania.

Karla prese le copie degli screenshot e uscì dalla stanza con l'italiano.

Appena la porta si chiuse, Gildo disse:

"Non sembrava molto disposta a collaborare.

"Non importa, l'importante è che abbiamo più informazioni e qualcosa su cui lavorare.

"Cioè?

"Beh, abbiamo un assassino atletico con un berretto scozzese che sapeva che prima o poi avremmo controllato le telecamere. Questo significa che sa cosa sta facendo, non ha improvvisato, aveva tutto calcolato. Addirittura giorni prima deve aver percorso la stessa strada per scoprire tutti i tempi, la sorveglianza, i turni, gli ascensori, ecc… "disse Karla e passò alla fotografia successiva". Poi abbiamo un altro signore. Di mezza età, sovrappeso… suppongo fosse un passeggero, deve aver ricevuto qualcosa dall'uomo col berretto.

"Ma la domanda… "disse Gildo". Credo sia: cosa così importante lo ha spinto giù fino alla lavanderia? Un segreto? Una minaccia? O peggio, un ricatto?

"E da dove spunti fuori? "chiese Karla". Come fai a sapere tutte queste cose?

"È una lunga storia. Meglio per un altro giorno.

Lei aggrottò le sopracciglia.

"Comunque sia. Qualunque cosa gli abbia detto, doveva essere così importante da fargli attraversare mezza nave per scoprire o affrontare qualcosa.

"Ci vediamo domani?

Lei sorrise.

"Ci vediamo domani.

"Ti accompagno all'uscita.

"No, la troverò da sola.

Lui scosse la testa e le indicò l'uscita.

Salirono in ascensore e attraversarono il cortile centrale, illuminato da luci soffuse di diversi colori. Le stelle facevano capolino per osservare l'architettura moderna.

La leggera brezza di maggio li rinfrescò durante il percorso fino all'uscita, mentre facevano una conversazione banale per evitare che il momento diventasse troppo imbarazzante.

"Bene, ci vediamo domani? "si congedò il cuoco.

Lei annuì.

"A domani, Gildo "rispose Karla con un sorriso birichino.

Attraversò il breve ponte fino a toccare nuovamente terraferma. Entrò nella volante e si diresse verso la stazione di polizia.

Optò per passare per il centro della città, dove il traffico notturno era quasi inesistente.

L'aria entrava nell'auto. A Karla piaceva molto l'aria fresca della primavera, che le faceva tornare in mente tanti ricordi.

Attraversò Barcellona, prima lungo il Parallelo, poi per la via Compte d'Urgell e poi per l'avenida de Sarriá fino ad entrare in Travessera de les Corts.

Proprio quando stava entrando nel parcheggio sotterraneo del commissariato, il telefono suonò. Era un numero lungo, che non aveva mai visto. Guardò l'orologio e si sorprese.

" Pronto? "chiese una volta parcheggiata.

" Buonasera, sono Helen, la responsabile delle pulizie delle camere. Il capitano mi ha dato il suo numero. La disturbo?

" Assolutamente no. Mi dica. Ha scoperto qualcosa?

" Guardi, crediamo di aver trovato la cabina del scomparso, ma non siamo sicuri.

Lei rimase perplessa.

" Non sicuri? Perché?

" La cabina è in ordine, ma c'è qualcosa che non capiamo.

" Continui.

" Non viaggiava da solo.

" Come?

" Sì, mi spiego. Nel piano di viaggio, doveva viaggiare da solo, non c'è nessun altro ospite registrato.

" Interessante. E come avete dedotto che non viaggiava da solo?

" Beh, ho davanti delle valigie con abiti da donna.

" Quindi ci sono valigie di un altro ospite.

" Esatto.

" Qualcos'altro?

" Sì, c'è altro, ma preferirei mostrarlo domani.

" Va bene, domani al mattino saremo lì. Ma come si chiama lui?

" Jordi, Jordi Recasens.

Karla sollevò un sopracciglio.

" Nient'altro?

" Per ora, no.

" Allora ci vediamo domani. Grazie.

Karla riattaccò il telefono e si sistemò sul sedile. Il nome le suonava familiare, qualcosa le diceva che lo aveva già sentito. Era probabile, era un nome catalano. Ma dove? Poi si ricordò di un dettaglio.

" Non può essere...

Prese il telefono e inviò un messaggio ad Alex.

L'assassino della crociera era in trappola e la caccia era

cominciata.

10

Álex si era presentato a casa di sua sorella per darle una notizia di prima mano. Da quando aveva terminato la laurea in psicologia, Ana Cortés aveva ottenuto brillanti risultati, distinguendosi per il suo contributo alla società nella criminologia. Ma la carriera di sua sorella era finita dopo essere stata rapita da Néstor. A quel punto, i media avevano cominciato a chiamarla in massa e lei, contrariamente a quanto aveva fatto fino a quel momento, aveva rifiutato tutte le offerte. Aveva deciso di lasciare la vita pubblica e di ritirarsi in secondo piano, lontano dalle telecamere e dai flash. Ana e la sua famiglia avevano cambiato indirizzo, abitudini e avevano istituito ogni tipo di protocollo di sicurezza.

L'abbraccio di una sorella sa diverso. Álex chiuse gli occhi e se lo godette. Ma quando le sue braccia lo circondarono, si rese conto che mancava qualcosa; una parte di sua sorella che non avrebbe mai più recuperato: la sua mano. In quel momento si rese conto che non sentiva più la stessa pressione sulla schiena di quando sua sorella lo stringeva come un orsacchiotto.

Il microonde suonò nella stanza accanto e i due fratelli si

separarono.

" Vieni, ho preparato la cena " disse lei e aprì la porta della cucina con la mano sinistra.

" Come ti trovi ad imparare a usare la mano sinistra? " chiese lui mentre guardava intorno.

" Beh, devi disabituarti e poi riabituarti a tutto " disse lei aprendo la porta dell'elettrodomestico e tirando fuori un piatto fumante ". Vieni, dai.

Álex si sedette al tavolo: sua sorella gli aveva preparato un pezzo di salmone con patate "alla povera".

" È di oggi a mezzogiorno. È freschissimo " disse lei avvicinando un piccolo barattolo.

" Cos'è questo?

" È una salsa nordica, una lontana parente della maionese, con un interessante sapore di aneto.

" A proposito, e mio nipote?

" Sta dormendo! " disse lei ". A quest'ora i bambini dormono.

Álex iniziò ad assaggiare il piatto e la sua espressione tradiva che gli stava piacendo.

" Perché non sei andata a vivere altrove?

" Altrove? Dove?

" Non lo so, sulla costa, in montagna. In periferia. Fuori da questa scatola di pazzi. Barcellona non sarà mai abbastanza sicura.

Lei scosse la testa.

" Nessun posto lo sarà " disse lei ". Ci siamo trasferiti qui per essere più anonimi in questo quartiere. Per essere più tranquilli, per creare l'illusione di non avere problemi cambiando appartamento, anche se la verità è molto più crudele. Nella supposizione che sia ancora vivo e che ci voglia cercare, ci troverà. È chiaro. Un assassino seriale è abbastanza intelligente da saperci trovare " disse lei mentre guardava lo spazio vuoto che la sua mano occupava una volta.

Álex inghiottì e rimase immobile per un momento, osservandola.

" Non lo nego. Mi tormenta pensarci.

Lei fece una smorfia.

" A proposito, com'è… la ragazza, la tua collega? " disse lei con tono malizioso.

" Ti riferisci a Karla?

Lei annuì.

" Beh, è in crociera.

" È andata in vacanza senza di te?

" In vacanza? Ma nemmeno per sogno! Sta indagando su un omicidio sulla nave. È stato trovato un corpo bruciato nel forno di una cucina.

" Che opportunità che te l'abbiano affidato. Prima corpi congelati e ora bruciati. Il tuo curriculum sta diventando variopinto.

" Già! Ma non sono venuto per questo.

Álex spiegò l'interrogatorio e ciò che Lorenzo Lima gli aveva detto prima di suicidarsi.

" È vivo "concluse Álex. Dai suoi occhi traspariva una miscela di rabbia e tristezza". Ecco perché sono venuto a dirtelo: i nostri sospetti sono realtà.

" Potresti averlo frainteso? Chi altro l'ha sentito?

" Nessuno, solo io. Non c'era nessun altro "disse tra un boccone e l'altro". Che legame può avere questo tizio con Néstor?

" Non lo so. Ma la domanda che mi pongo è: come si sostiene questo tizio? "domandò Ana". Perché la sua famiglia è povera.

" Dalla centrale stanno investigando una sottrazione di fondi.

Inizialmente con la vendita dei libri di Maxime Garanger. Ma stiamo conducendo un'indagine segreta, sai, non possiamo divulgare sospetti sulla sua possibile sopravvivenza, altrimenti saremmo nei guai. È la volontà del mio capo. L'opinione pubblica si scaglierebbe contro di noi, dice lui. All'inizio, Néstor faceva passare denaro dalle royalties dello scrittore su vari conti all'estero. Appena il giudice ne ordinava la chiusura, i conti erano già svuotati e i soldi erano stati trasferiti altrove. Inoltre, Maxime aveva accumulato una discreta fortuna.

Ana sospirò con impotenza.

" Beh, insomma, cos'altro mi volevi dire?

" Hanno trovato resti umani nei freezer di Lloret, ma solo di una vittima, quella che si è consegnata in commissariato a Lloret. Negli altri contenitori c'erano resti di cani, gatti, maiali e pecore. Una sorta di gabinetto delle atrocità, ma per animali "disse Álex". Ma la cosa più importante, e qui ho bisogno del tuo aiuto, è come Néstor ha individuato questo tipo? E come lo ha convinto?

La sorella rifletté prima di rispondere.

" Le menti disturbate sono facili da convincere, soprattutto se si tratta di un cinico, un misogino o un egocentrico. "Un omicidio è la combinazione di una buona intenzione e di un brutto giorno", così dicono, ma io aggiungerei, "e di una mente debole". E quella di Lorenzo probabilmente non era solo malvagia, ma anche debole.

Il salmone non era ancora finito quando il telefono di Álex squillò. Tirandolo fuori, lo schermo rivelò un numero nascosto. Si incupì.

" A quest'ora? " disse Álex, continuando a guardare il telefono ". Strano, non appare chi sta chiamando.

Poi ci pensò su e lo mise da parte.

" Cosa stai facendo? Rispondi, potrebbe essere importante.
Álex guardò nuovamente il telefono.
" Non ti disturba?
" Assolutamente no!
Álex sospirò e rispose alla chiamata.
" Cortés.
" Sergente Cortés, sono il maggiore Aragonés. Può parlare?
Álex trattenne il respiro per un momento. Sentì una pressione alla gola che gli impedì di rispondere. Non poteva credere che il massimo dirigente dei Mossos d'Esquadra lo stesse chiamando. Oltre al maggiore, c'era solo il ministro della Difesa al di sopra di lui.
" Sergente? È ancora lì?
Álex inghiottì a fatica.
" Sì, maggiore, è che non mi aspettavo che mi chiamasse, e meno a quest'ora.
" Lo sto interrompendo? Preferisce che la chiami domani?
" Sì, sarebbe meglio. Sono a casa di mia sorella ed è già mezzanotte passata, sarebbe meglio se parlassimo domani". Questo è ciò che avrebbe voluto dire, ma non ebbe il coraggio di farlo.
" No, non c'è bisogno. In cosa posso aiutarla?
" Vede, ho appena ricevuto una chiamata dal Presidente Valls. A quest'ora.
" Scusi. Si riferisce a Valls, il Presidente della Catalogna?
" Affermativo. Mi ha appena chiamato dal suo telefono personale. Ha lasciato una cena istituzionale per raccontarmi quanto segue...
" L'ascolto " disse Álex.
Si era alzato e camminava nervosamente sul pianerottolo dell'appartamento, tra scatole di trasloco.

" Mi ha detto che lei non vuole accettare il caso della crociera. È vero?

Álex inghiottì rumorosamente. Iniziò a sudare, poi si grattò la testa, sentendosi in difficoltà. Per fortuna, il suo interlocutore non lo vide.

" Vede " disse e tossì ". Lo sta portando avanti la mia collega Ramírez che è un'esperta...

" Negativo. Vogliono che sia lei a condurre la prima linea di indagine, mi sono spiegato?

" Sì, maggiore.

" Bene. Voglio che segua il caso come se la sua vita dipendesse da esso. Quella nave deve salpare tra due giorni senza l'assassino. Capito?

" Sì, maggiore " rispose Álex con tono solenne, mentre sua sorella non gli toglieva gli occhi di dosso.

" Mi permetta di dirle che ho seguito il suo lavoro da alcune settimane ed è stato brillante. Continui così.

" Grazie, maggiore.

" Un'altra cosa " disse il superiore cambiando argomento ". Io credo che qualcuno importante della compagnia di navigazione della crociera abbia chiesto un favore a un amico per cui il Presidente stesso ci abbia chiamato, non le sembra?

" Posso immaginarlo, maggiore, ma... non lo trova strano? "In quel momento si rese conto che non era il momento migliore per condividere le sue impressioni". Inoltre, sto seguendo le tracce di un caso che non è stato risolto... non posso darle ulteriori dettagli.

" Strano, sergente? Si sente bene o l'ho colto addormentato? Qualcuno dovrà pagare sei mila stipendi per tutti quei giorni improduttivi. Davvero lo trova strano? Cortés, lei è bravo, è difficile trovare persone del suo calibro, ma si attenga a trovare l'assassino e faccia in modo che quella nave finalmente salpi dal porto. Null'altro. Meglio se chiudiamo questa conversazione qui.

Dopo aver pronunciato queste parole, il superiore chiuse la comunicazione senza dargli la possibilità di rispondere.

Álex serrò i denti e irrigidì i muscoli del collo. Rimise il cellulare a posto e tornò in cucina. Sul piatto c'era ancora un pezzo di salmone, a metà e ormai freddo.

Sua sorella, che non aveva esitato a ascoltare la conversazione, lo osservò in silenzio quando rientrò nella stanza.

" E ora?

Álex sospirò.

" Era il massimo grado dell'organizzazione. Il maggiore Aragonés.

" Lui, in persona? " disse Ana sorpresa, poi guardò l'orologio ". A quest'ora?

Gli spiegò la conversazione.

" E cosa farai? " chiese Ana una volta che glielo ebbe raccontato.

" Ho risposto al maggiore di sì, ma la mia preoccupazione principale è Néstor. Non posso abbandonare il caso.

" Quello che non puoi fare è lasciarti sfuggire questa opportunità di distinguerti.

Álex afferrò improvvisamente il braccio di sua sorella.

" Posso?

Lei annuì.

Lui prese il braccio amputato, osservando la parte mancante.

" Guarda cosa ci ha fatto.

" Álex, non fraintendere. Néstor non lo sa, ma ci ha reso più forti, più resilienti. Non può immaginare che ora siamo più uniti e sono certa che lo troveremo " disse lei con tono materno ". Ma ora non è il momento. Devi concentrarti sulla crociera, avremo tempo per capire come tirarlo fuori dalla sua tana.

Álex si grattò la barba. Non era quello che voleva sentire, ma era ciò di cui aveva bisogno.

In quel momento il suo telefono cellulare vibrò.

Lo prese e un messaggio apparve sullo schermo. Era di Karla.

"Ho scoperto l'identità del cadavere. Non crederai chi è il morto. Ci vediamo domani mattina presto all'obitorio di Sabadell".

11

Per Alba Guevara, lavorare tra i morti era un piacere. Adorava aprirli come lattine di sardine e scoprire cosa aveva tolto loro la vita. Non importava quante ore passasse tra i cadaveri: la sua passione per quel lavoro era smisurata. Il caso di Néstor Luna fu uno di quelli che l'appassionò di più. Anche se non provava empatia per gli assassini, ammirava il loro lavoro. Dopo tanto tempo tra cadaveri che avevano subito morti banali, studiare un serial killer e il suo magnifico lavoro aveva risvegliato la vecchia scintilla dei giorni in cui era una giovane medico legale appena uscita dall'università. Alba era responsabile del team di medici legali del corpo e del lavoro sul campo. Nel tempo, si era guadagnata il soprannome "La Signora della Morte".

Quella mattina era monotona finché Karla e Álex non entrarono dalla porta. La loro presenza le ricordò i giorni in cui lavorava al caso di Néstor.

" Cosa state facendo qui? " chiese la medico legale.

" Buongiorno, Alba " salutò Álex ". Come stai?

Alba si grattò un sopracciglio. Ovviamente, ancora provava l'amaro in bocca.

" Perché siete venuti? " replicò.

Karla e Álex si scambiarono uno sguardo.

" Siamo qui per l'uomo che è arrivato da voi dalla nave da crociera " disse Karla.

" Ah, sì. State gestendo voi il caso della nave da crociera nel porto?

Álex annuì mentre si avvicinava a un tavolo d'alluminio dove giaceva un cadavere appena cucito. Da uno dei suoi piedi passava un cordoncino marrone con un cartellino rettangolare appeso su cui era scritto un nome e una data.

" Un caso ordinario " disse la medico minimizzando la questione.

Poi prese una cartella e si avvicinò a un frigorifero, lo aprì e tirò fuori la struttura su cui era appoggiato un sacco nero. La chiusura lampo scorreva lungo tutto il corpo, e sotto di essa appariva il corpo carbonizzato dell'uomo.

I due investigatori si avvicinarono.

" Cosa puoi dirci su questo? " disse Álex mentre osservava la mano bruciata ". Le impronte sono ancora visibili?

" Impossibile. È stato esposto al calore per troppo tempo " disse la donna e poi continuò ". Vedete qui, c'è un piccolo buco nel collo. Gli hanno somministrato una quantità massiccia di anestetici per cavalli.

" Per cavalli? " chiese Karla.

La medico annuì.

" Perché per cavalli?

" Non lo so, non ha molto senso. Ma è un farmaco equino. Forse l'assassino è legato al mondo equestre.

" Come sai che è per cavalli? " chiese Álex.

" Lo dice l'analisi di laboratorio " disse, e gli passò un foglio. Lui lo prese e lo guardò perplesso.

" Hai già l'analisi in meno di dodici ore?

" Sai, i laboratori sono nell'altro edificio della centrale… ma c'è sempre una via preferenziale se chiama qualcuno dall'alto " disse il medico legale con una smorfia.

Álex il documento diagonalmente.

" Cheratina. La famosa Special K.

" Sta cominciando a diffondersi tra i giovani come allucinogeno, come droga reattiva.

" Effettivamente, è un tranquillante equino. Ma c'è una differenza, nei locali notturni viene venduto in polvere o in pastiglie, qui è stato somministrato in forma liquida con una siringa. Inoltre, non è stato tagliato, altrimenti ci sarebbero tracce di altre sostanze nel sangue. In questo modo, penso che il prodotto provenga da un veterinario o da un allevamento di cavalli " disse la donna alzando le mani, concludendo ". Questa è la mia opinione, ma siete voi gli investigatori.

" Cosa puoi dirci in più?

" Che aveva una cicatrice profonda sul braccio. È bruciata, ma è ancora visibile " disse, indicandola.

" Credi che l'uomo si sia reso conto che stava morendo bruciato?

" I livelli di cortisolo e adrenalina erano quasi nulli, quindi direi con certezza che stesse ancora dormendo. Non si è accorto di nulla.

Álex emise un suono gutturale, immaginando la scena.

" Una vendetta? " chiese Karla.

La medico si rimpicciolì nelle spalle.

" Potrebbe essere, ma non ha voluto farlo soffrire.

" Non ha voluto o non ha potuto " rispose Álex ". Quest'uomo era pesante e, dovendo trasportarlo, potrebbe non essere riuscito a fare esattamente ciò che voleva. Mi spiego. Anche se avesse voluto, i tempi erano stretti e potrebbe non essere riuscito. Potrebbe essere una questione di conti in sospeso.

" Non ha avuto molto tempo per trasportarlo dalla zona della lavanderia alla cucina numero quattro " aggiunse Karla.

Álex si grattò la testa e si voltò verso la medico legale.

" Alba, Jordi Recasens, ti dice qualcosa? " chiese Álex.

" Pensate che sia il suo nome?

" Sembra di sì.

" Le impronte sono distrutte " confermò il medico.

" Lo so, è un'ipotesi dell'equipaggio della nave. Inoltre, suona catalano. Cercheremo nei nostri archivi.

" Manderò il DNA alla banca genetica. Vediamo cosa ci dicono.

" Va bene. Grazie per tutto, Alba.

" Forza, investigatori, al lavoro sul serio.

Álex fece un saluto più da militare che da poliziotto e lasciò che Karla uscisse per prima. Scesero le scale fino al parcheggio sotterraneo e partirono.

La mattina era fresca e le strade erano intasate di macchine, in un giorno tipico di traffico nella capitale. La visita alla morgue aveva dissipato un po' di nebbia nel caso, ma non abbastanza. Nonostante la chiamata del maggiore Aragonés, Álex poteva pensare solo a Néstor. Un magnete, un vento, una tempesta mentale che scuoteva i suoi pensieri, travolgendo il caso della nave da crociera. Cosa significava *Veritas vos liberitabit?* Erano state le ultime parole di Lorenzo prima di suicidarsi durante l'interrogatorio.

La domanda lo tormentava. Lì c'era la chiave, Álex era sicuro.

Era convinto che la sua mente avesse registrato quella frase per qualche motivo e, in qualche momento, la risposta sarebbe emersa, come un fiore in primavera.

" Devo mostrarti qualcosa delle telecamere che ho trovato interessante " disse Karla, rompendo il silenzio che si era creato nell'abitacolo.

" Ma non le hai già viste ieri?

" Sì, ma voglio mostrartele di nuovo. Dopo aver visto la cabina di Recasens, voglio mostrarti le telecamere di nuovo. Ieri notte mi sono svegliata pensando a un dettaglio inquietante e non sono riuscita a dormire più.

12

La Ronda de Dalt era intasata da auto dirette al lavoro, e arrivarono in ritardo alla nave da crociera.

L'immagine che vedevano a pochi metri era strana: un colosso galleggiante ormeggiato a un'estremità del porto, presidiato dalla polizia. Sembrava una città in quarantena, isolata da un virus che poteva diffondersi a Barcellona. In parte era vero: era il virus del male, che poteva propagarsi e infettare la popolazione barcellonese. Come avrebbero fatto a trovarlo?

La sfida era stata lanciata.

" Pensavo che tu non volessi più essere coinvolto in questo caso " commentò Karla scendendo dalla macchina.

" Era esattamente la mia intenzione.

" E allora?

" Ho ricevuto una chiamata dall'alto.

Karla aggrottò le sopracciglia.

" Ah sì? Da San Pietro?

Álex la guardò con un'espressione di disgusto.

" Aragonés.

" Come? Ti ha chiamato Aragonés, il maggiore Aragonés?

Di persona? " si sorprese Karla.

Álex annuì con la testa.

" Vuole che finiamo il prima possibile con questa faccenda. Pare che i proprietari della nostra nave da crociera siano amici del presidente della Catalogna e sappiano quali pulsanti premere.

Attraversarono la passerella. Entrando nella nave, Álex ebbe la sensazione di addentrarsi in un falso oasi turistico, colpito da una tempesta omicida, dove gli organizzatori distraevano i passeggeri per impedire loro di impazzire.

Helen, la responsabile delle pulizie delle camere, li accompagnò alla stanza del morto.

Il corridoio era come tutti quelli che avevano attraversato il giorno prima. Dietro alla donna c'era il seguito: Karla, Gildo e, a due passi, Álex con le mani dietro la schiena, osservando con una certa distanza.

Helen aprì la porta e tutti entrarono.

" Questa è la cabina del signor Jordi Recasens " annunciò la responsabile delle pulizie.

I due detective e l'assistente di cucina entrarono. Si trovarono in una cabina così grande da sembrare una normale camera d'albergo. Ampia, spaziosa, luminosa. Era situata sul lato sinistro della nave e dalle finestre si vedeva l'orizzonte.

" Il cliente è scomparso? " chiese Álex.

" Ieri abbiamo chiesto il permesso per entrare. Non avendo risposta, una delle mie ragazze è entrata. Una volta verificato che non c'era nessuno dentro, abbiamo chiamato il nome del passeggero per tutto la nave con l'altoparlante e non abbiamo ricevuto risposta. Quindi abbiamo dedotto che fosse lui.

" Non c'è stata alcuna altra cabina dove è successo lo stesso? " domandò Karla.

" Dei sei mila passeggeri, è successo solo in dieci cabine, ma tutti sono venuti quando li abbiamo chiamati e abbiamo potuto verificare che i passeggeri stavano bene.

" Tutti tranne questo! " disse Álex guardando dentro la cabina.

—-Si—-confermò Helen—-ma la cosa più curiosa è quello che le ho detto ieri sera. Questa è una Junior Suite con vista mare. È un alloggio per due o anche tre persone, ma l'ospite l'ha prenotata solo per sé. È a nome di Jordi Recasens e nessun altro.

—-Vale a dire, che quando la crocera è salpata da Barcellona una settimana fa, il nostro uomo era solo. È così?—-chiese Álex.

" Esatto.

" Ma non è stato così? " obiettò il sergente.

" Questo non dovrebbe essere qui… " disse la donna avanzando nell'area della cabina.

Helen aprì la porta della camera da letto. Era una stanza spaziosa, luminosa e con lenzuola immacolate. La luce entrava dalle enormi finestre. Sul lato opposto c'era una porta, attraverso la quale si intravedeva un bagno.

Helen aprì le ante dell'armadio.

" Questi vestiti non dovrebbero essere qui.

La donna indicò dei vestiti lunghi e colorati per il giorno e altri più eleganti per la sera.

I detective non capirono completamente.

Álex li guardò: avevano l'etichetta di un marchio di abbigliamento femminile economico.

" Jordi era una donna?

12

" No. Una donna viaggiava con lui "rispose Helen". Guardi, ci sono valigie di una seconda persona. Queste valigie sono da donna.

" Ma non mi ha detto che viaggiava da solo?

" Sì, questa donna non era registrata.

" Potrebbe essere stata lei l'assassina? "domandò Álex a Karla.

" No, ieri eravamo nella sala delle telecamere e supponiamo che l'assassino sia un uomo alto un metro settanta con un cappello scozzese.

Álex guardò intorno.

" Cioè, il nostro uomo viaggiava con una concubina misteriosa e invisibile "disse Álex". Mi chiedo, perché non era registrata?

" Forse era una sua amante e sua moglie non poteva saperlo "disse Karla.

" Una fidanzata? "domandò Gildo". Certamente era qualcuno che non doveva essere qui, altrimenti sarebbe nella lista dei passeggeri.

" Già! Ma ciò che mi preoccupa di più è il seguente: se lei non l'ha ucciso, dov'è ora? Perché non si è presentata all'equipaggio? "domandò Álex". Dice che qui non ha dormito, giusto?

" Impossibile "rispose la donna". La cabina era chiusa con una chiave speciale che blocca la chiave magnetica di un ospite.

" Allora, dove può aver dormito?

Helen fece un'espressione di non avere idea.

" Potrebbe essere sbarcata? "insisté Álex.

" Impossibile "rispose la donna.

" Perché è così convinta?

" Perché l'uomo è stato trovato nel tragitto tra Palamós e Barcellona e da quel momento non è sbarcato nessuno.

" Allora è chiaro che abbiamo il nostro assassino a bordo, e la donna "disse Álex". Se riusciamo a trovare la donna, potremmo ottenere più indizi sull'assassino.

Álex si grattò la barba e notò che sul comodino c'era un secchiello per il ghiaccio.

Si avvicinò.

C'era solo acqua e una bottiglia di champagne di una marca molto costosa.

" E questo? "domandò il sergente indicando il secchiello.

La donna prese un tablet e digitò qualcosa.

" Eccolo qui "disse dopo un momento". L'uomo aveva prenotato il servizio in camera. Ogni giorno, alle cinque del pomeriggio, dovevamo portare su una bottiglia di champagne.

" Ogni giorno?

" Sì, anche ieri. Ovviamente, non è stata consumata.

" Vieni a vedere questo, Álex "disse Karla dal bagno.

Álex si avvicinò.

" Guarda cosa hanno lasciato. Una valigia piena di… insomma.

Karla aprì una piccola valigia piena di preservativi, giocattoli sessuali, manette e biancheria intima femminile.

"Beh, beh. Il nostro Jordi aveva un arsenale interessante "disse Álex.

Uscirono dalla camera da letto e tornarono al vestibolo della suite.

"Sembra che Jordi non si privasse di nulla. Champagne, sesso, suite con vista sul mare, cose costose. Doveva avere qualche affare che gli fruttava un bel po' di soldi.

"Questo si sta facendo interessante "aggiunse Karla proprio prima che il telefono le suonasse.

Era un numero lungo che non conosceva e le attirò l'atten-

12

zione.

"Ramírez "disse, rispondendo alla chiamata.

"Sono Filomena.

La poliziotta rimase sorpresa.

"Dimmi, Filomena. Hai trovato qualcosa?

"Penso che quello che sto vedendo ti interesserà. Ho trovato il nostro uomo e non viaggiava da solo. Passa da qui quando vuoi "disse Filomena e riattaccò senza aspettare una risposta dalla poliziotta.

"Abbiamo qualcosa.

"Chi era? "domandò Álex.

"La ragazza delle telecamere, dobbiamo andare lì. Credo che abbia scoperto con chi viaggiava Recasens.

13

I piani non vanno sempre come previsto. A volte ci sono piccoli errori che, col tempo, ci portano al fallimento. Questo lo sapeva Álex, ed è per questo che aveva un solo pensiero: catturare Néstor Luna. Nella sua mente, la voce di Lorenzo Lima si ripeteva incessantemente, ma non riusciva a capire cosa volesse dire. Anche se Álex si trovava sulla nave a seguito degli ordini, come ci si aspettava da lui, vedeva quel caso come una pura formalità; un criminale di terz'ordine che doveva essere catturato il prima possibile per poter indagare di nuovo sull'assassino seriale di Barcellona: quello che, ufficialmente, era morto.

I due poliziotti e il cuoco avanzarono lungo i corridoi infiniti della nave. Karla faceva strada parlando con Gildo, mentre Álex camminava dietro ignorandoli. Continuò in modalità automatica fino a quando non entrò nella sala delle telecamere. La sergente bussò alla porta e da dentro chiesero chi fosse attraverso l'interfono. Lei si identificò e la porta si sbloccò. Entrando, davanti agli occhi di Álex si aprì un mondo virtuale racchiuso in molteplici schermi appesi al muro.

13

— Che velocità — disse l'operatrice.

— Il tempo è per i ricchi che viaggiano su questa nave; noi abbiamo molte cose da fare — rispose Karla.

Álex aggrottò la fronte, sentendo una certa tensione tra le due donne.

— Ho seguito piano per piano, nella fascia in cui l'uomo che è scomparso nella tintoria ha ricevuto il messaggio — disse Filomena, riavvolgendo alcune immagini mentre parlava. — È stato un caos. Sai quante stanze e aree ci sono su questa dannata nave?

— Non mi importa, è il tuo lavoro — ribatté Karla. — Mostramelo e smettila di lamentarti così tanto.

Questo commento ferì l'altra donna come se le stessero strofinando una ferita con carta vetrata.

Le immagini scorrevano sullo schermo. Un ascensore saliva e scendeva, persone entravano ed uscivano, vestite con abiti stravaganti. Lentamente, l'immagine si rallentò.

— Qui siamo. L'uomo col cappuccio — disse Filomena indicando con un dito.

Nell'immagine si vedeva il presunto assassino coprirsi il volto in modo sottile, quasi impercettibile, tanto che se fosse stato un altro passeggero, non sarebbe stato notato.

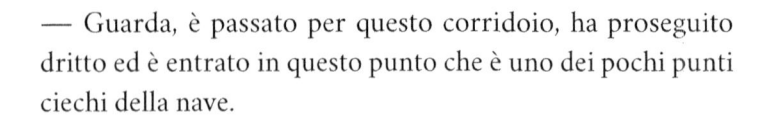

— Guarda, è passato per questo corridoio, ha proseguito dritto ed è entrato in questo punto che è uno dei pochi punti ciechi della nave.

— Come dici? — chiese Karla.

— Sì, in questo punto abbiamo una mancanza di registrazione, è un incrocio di vari corridoi e le telecamere non riescono a vedere dove vanno le persone. È come un distributore, una biforcazione multipla cieca, senza copertura.

— Come può essere che in questa zona non ci siano telecamere?

— Ragazza, non ho progettato questa nave. Non farmi prendere responsabilità che non sono mie.

Álex, che fino a quel momento era rimasto in silenzio, osservando da dietro con le braccia conserte, decise di intervenire.

— Va bene, ottimo lavoro. Credi di poter scoprire dove è andato?

"Ho cercato per ore e non c'è modo. Non riesco a capire dove sia finito il tipo. C'è un punto cieco e da lì scompare, come se la nave lo avesse inghiottito.

"Questo significa che il tipo sa cosa sta facendo e conosce la nave "disse Álex.

"Oppure l'ha studiata, ha trovato un punto cieco appositamente per far sì che perdessimo le sue tracce proprio in quel momento, dopo aver ucciso la vittima "disse Gildo.

"L'uomo sapeva che avremmo visto questo e che non poteva

lasciare tracce.

"Va bene, capito, trovare l'assassino è complicato, ma deve riapparire da qualche parte, no? "chiese Álex". Riuscirai a continuare a cercare?

"Neanche per sogno! È come cercare un ago in un pagliaio… "si lamentò Filomena.

"Lo so, capisco, ma abbiamo bisogno del tuo aiuto. Te lo chiediamo per favore, è di vitale importanza, altrimenti non insisterei "disse Álex mettendo una mano sulla spalla della ragazza.

Filomena sputò il chewing-gum e ne prese uno nuovo dal pacchetto che aveva accanto alla tastiera, sbuffando rumorosamente.

"Guarderò cosa posso fare.

"Grazie "rispose Álex, girandosi verso Karla e facendole l'occhiolino.

"Hai trovato qualcosa su Jordi Recasens, l'uomo che è andato alla lavanderia? "chiese Karla.

"Sì. Vedrai, lui sì che l'ho trovato, e non puoi immaginare con chi era "disse Filomena mentre minimizzava una registrazione e ne apriva altre.

Nella finestra apparve l'immagine di un ristorante di alta classe, in linea con la sua camera. La vista si affacciava sul mare attraverso enormi finestre. Da un lato c'era un buffet che sembrava essere per la colazione e dei camerieri si muovevano tra i tavoli.

Filomena dovette ingrandire l'immagine per identificarli sullo schermo. La risoluzione era bassa, ma si intuiva l'aspetto di un uomo con le fattezze e le proporzioni del cadavere in obitorio. Era l'uomo con la camicia hawaiana. Accanto a lui c'era una donna che, nonostante la scarsa qualità dell'immagine, sembrava più giovane, magra e biondo platino.

"Eccolo qui "disse Filomena". Ora guarda, riceverà un messaggio sul cellulare.

Nell'immagine l'uomo smise di mangiare, guardò lo schermo e fece un gesto come se si stesse ritraendo contro lo schienale. Poi passò la mano sulla testa rasata e tolse il tovagliolo dalle ginocchia.

Filomena si fermò e aspettò che la scena continuasse.

"Ora si alza e scompare da quella porta "disse Filomena mentre seguiva l'immagine, finché non sparì.

"E ora dove va? "chiese Álex.

"All'ascensore e poi alla lavanderia.

"Colazione con la bionda "disse Karla". Il resto l'abbiamo già visto.

"Sì "rispose Filomena". Il resto non importa, solo da aggiungere che guardava il cellulare. Come se avesse una mappa o delle istruzioni su come arrivare all'appuntamento con l'uomo dal berretto scozzese.

"Karla, abbiamo trovato il cellulare? "chiese Álex.

"Negativo. Tra gli oggetti rinvenuti non c'era, l'assassino glielo deve aver sottratto.

"Forse ora è sul fondo del mare "disse Álex". Ma non farebbe male chiedere ad Alan se possiamo ottenere ulteriori informazioni sul numero a cui è stato inviato il messaggio. Vediamo cosa può scoprire.

Silenzio.

Il cellulare di Karla vibrò. Lo tirò fuori e guardò il messaggio, ma non disse nulla ai suoi colleghi.

Álex si incrociò le braccia, guardando l'immagine in pausa con l'uomo in procinto di uscire dalla porta.

"Aspetta un attimo "disse il sergente cercando di capire ciò che stava vedendo". Sta facendo colazione con una bionda platino su una nave costosissima. Questo significa che è un tipo ricco e non frequenta chicchessia.

"Questo lo hai già notato nel suo alloggio "lo interruppe Karla.

"Sì, ma aspetta. Quello che intendo dire è che sarà un tizio importante, ma comunque lascia ciò che sta facendo, preoccupato, si alza immediatamente e scompare. Lascia a metà la colazione e la bionda. Sembra un uomo a cui piace mangiare bene, quindi sicuramente gli importare la colazione. E anche alla bionda, altrimenti non si farebbe consegnare una bottiglia di champagne ogni giorno nella sua camera.

"Dove vuoi arrivare? "chiese Karla.

Álex si interruppe, con la bocca aperta.

"Voglio dire… lasciami pensare ad alta voce! O il messaggio era di qualcuno tremendamente importante, o il suo contenuto lo era. Abbastanza da lasciare tutto e recarsi a un appuntamento clandestino in un luogo nascosto della nave! Non è vero? Almeno, è quello che penso vedendo la persona e la sua reazione quando ha ricevuto il messaggio. Ha lasciato tutto per l'uomo con il berretto.

Ci fu un altro silenzio, stavolta più lungo.

"Puoi estrarre una foto della bionda e stamparla? "chiese Karla a Filomena.

Questa obbedì senza dire una parola.

"Ho un'idea, Filomena "disse Álex mentre usciva dalla stampante il foglio con la foto". Puoi riavvolgere al giorno precedente, stesso luogo e stessa ora? Recasens sembra un uomo abitudinario, forse avremo fortuna.

La donna si girò verso di lui, aggrottando le sopracciglia senza capire. Álex la guardò e le fece un cenno con la testa.

La registrazione si riavvolse di circa ventiquattro ore.

"Eccolo qui, stessa telecamera, stesso luogo, stessa ora.

Sullo schermo comparvero gli stessi due individui.

"Guardate, stesso tavolo, stessa disposizione "disse Álex". Se non fosse per i vestiti, non sapremmo nemmeno se è un altro giorno. Molto bene, questa è di ieri, ora un giorno prima.

Filomena fece ciò che le era stato chiesto.

"Cosa stai cercando? "disse Karla.

"Vedrai, se i miei calcoli sono corretti, avremo una sorpresa...

Le immagini scorrevano sempre più velocemente fino a quando Álex, in modo brusco e inaspettato, trovò ciò che il suo fiuto investigativo gli aveva suggerito.

"Questa è di cinque giorni fa "disse Filomena.

Karla e Gildo, che seguivano la scena un passo indietro, tirarono un sospiro di sollievo. Non se lo aspettavano affatto.

"Bingo! Eccolo qui. Quello che vediamo sullo schermo è il filo da seguire, signori "disse Álex appoggiando le mani sulle spalle di Filomena.

Sullo schermo apparve il tavolo di Recasens, nello stesso luogo e alla stessa ora, ma con una differenza significativa: la ragazza non c'era.

"Dove si trovava la nave cinque giorni fa? "chiese Álex.

Filomena si voltò verso il suo collega per fargli la domanda.

"Eravamo ad Atene "rispose l'altro operatore delle telecamere, guardando Álex.

"E questa donna è salita a bordo ad Atene. Ora, perché è salita ad Atene e perché non è nella lista dei passeggeri? "disse Álex, lanciando le domande nell'aria. "E, cosa più importante, dov'è adesso?

Karla alzò le braccia e le unì dietro la nuca.

"Filomena, devi scoprire i dettagli su questa bionda. Primo: come è salita a bordo, dove precisamente e se qualcuno l'ha vista e dove stava andando. Secondo: dopo la colazione di ieri, dove è andata. Terzo: mostra la sua foto al capitano in modo che, se la vedono da qualche parte, in un bagno, in un ristorante o dovunque, la trattengano. È una bionda platino, non passerà inosservata di sicuro. È il nostro miglior filo da seguire.

Filomena emise un rantolo, ma annotò tutte le cose che Álex le stava dicendo.

"Hai il numero di telefono della Caporale Ramírez. Chiama per qualsiasi cosa "disse Álex e poi la guardò intensamente. "Sei i nostri occhi. Hai fatto un ottimo lavoro. Senza di te, l'indagine non avrebbe fatto questo passo avanti.

Poi uscirono dalla sala delle registrazioni.

"Come hai fatto, Álex? "chiese Gildo. "Ieri Filomena sembrava un orco che non voleva essere disturbato.

Álex sorrise, guardò il giovane cuoco almeno dieci anni più giovane di lui.

"Quando si incontrano due personalità alfa, sono come due cavi ad alta tensione che si uniscono, producono scintille "disse Álex guardando Gildo mentre camminavano insieme, lasciando Karla alle spalle.

"Beh, l'hai conquistata! Quello che hai fatto mi ha ricordato quel libro... *Come influenzare gli altri*, giusto? "rispose Gildo.

"Sì, "*Come farsi amici e influenzare le persone*", è un grande libro. Sono contento che l'abbia letto!

"Avete finito? "disse Karla. "Dobbiamo tornare urgentemente in centrale.

Álex si fermò nel mezzo del corridoio e si voltò verso la collega.

"A sì? Cosa è successo?

"Jordi Recasens viveva a Barcellona, sembra che dovesse sbarcare ieri pomeriggio. I colleghi hanno trovato il suo background ed è pieno di affari loschi. Potrebbero esserci molte persone desiderose di vederlo morto...

14

Attraversarono la città in un lampo. I due detective si sentivano come se avessero un orologio appeso al collo che segnava i secondi più pesanti delle loro carriere. La nave da crociera doveva aprire le porte in meno di quarantotto ore. Ogni minuto era importante; decisivo.

Nonostante la chiamata del maggiore Aragonés avesse convinto Álex a rimanere sul caso, lui continuava a provare repulsione verso di lui.

Travessera de les Corts, la strada della stazione di polizia, non era più la stessa dal caso di Néstor. Álex vedeva ancora il furgone parcheggiato e la folla di giornalisti che si avventavano sulle auto della polizia per rubare una sua foto.

Nella stazione di polizia, il viceispettore li stava aspettando. Fece loro un cenno di entrare dal suo comodo scranno, proprio di fronte al suo ufficio. Álex e Karla passarono la soglia.

"Chiudete la porta. Sedetevi, investigatori! "disse il capo senza perdere un solo istante". Mi hanno detto che Aragonés ti ha chiamato.

Ci fu un breve silenzio durante il quale nessuno osò dire niente.

"Non voglio sapere cosa ti ha detto, non è affar mio, l'unica cosa che mi interessa è che tu sia coinvolto in questo caso "disse il capo. Poi girò una pagina sulla sua scrivania, pronto a proseguire.

"Tu sai meglio di me che Néstor è ancora vivo e che dobbiamo trovarlo "lo interruppe Álex.

Alfonso Rexach non faceva tanti giri di parole. Diede un pugno sul tavolo, spaventando i due detective.

"Silenzio! Néstor Luna è ufficialmente morto, non facciamo casini. Dannazione! Come dovrei dirtelo?

Álex si morse un labbro e guardò fuori dalla finestra. Si formò un nodo alla gola che faticò a sciogliere.

Il capo prese una boccata profonda d'aria.

"Andiamo alle cose importanti "disse Rexach con tono più calmo". Abbiamo informazioni su Jordi Recasens. Barcellona, nel 1975. Ufficialmente un imprenditore, divorziato tre volte. In uno di questi casi, vedovo in circostanze poco chiare, è stato arrestato e poi rilasciato per mancanza di prove. Attualmente single e residente a Barcellona. Ufficialmente, non ha mai vissuto altrove. Abbiamo una fonte di prima mano, un informatore.

"Un informatore? "chiese Karla.

Álex rimase in silenzio, sperando che quella riunione finisse il più presto possibile per tornare fuori da quell'ufficio e continuare la ricerca dell'assassino sulla nave da crociera.

"Mario, del dipartimento scientifico, ha un informatore e stamattina gli ha chiesto se conoscesse questo tipo. Gli ha confermato che qualcosa bolliva attorno a lui. Aspettate, le parole esatte sono state… "Il capo mise gli occhiali e guardò un foglio". "Qualcuno voleva la sua pelle".

"Quindi abbiamo la certezza che qualcuno voleva ucciderlo "disse Karla". Ma chi?

"Non ne ho idea, questo informatore non lo sapeva. Se lo sapesse, Mario pensa che gliel'avrebbe detto. C'erano voci che qualcuno volesse fargli qualcosa e pagava bene.

"E cosa faceva questo tizio? "chiese Álex, emergendo dal suo momento di scontro.
  "Questa è l'altra informazione interessante. L'informatore dice che aveva una clinica clandestina.
  "Clandestina? "chiese la donna". E non lo sapevamo? Nessuno dei nostri gruppi investigativi aveva scoperto che questa clinica esisteva?
  Il viceispettore scosse la testa. Álex si alzò dalla sedia e guardò fuori dalla finestra che dava sulla strada dietro la stazione di polizia, parallela a Travessera.

Guardò l'orologio: era già mezzogiorno. Il tempo non era un alleato a suo favore. Quasi mai lo era. L'ago dei secondi sembrava godere nel muoversi così velocemente e accendere i nervi del sergente Cortés.

"E cosa faceva questa clinica? "domandò Karla.

"Da quanto sappiamo, è qualcosa legato alla maternità. Non sappiamo molto altro.

"Maternità? "chiese con preoccupazione, poi si voltò a guardare Álex, dietro di lei". Fecondazione in vitro?

"Capo, questo tizio vive in grande stile, nelle migliori stanze, con champagne, donne… Che dice la sua dichiarazione dei redditi? Come si paga tutto questo?

"L'Agenzia delle Entrate non ha una dichiarazione di reddito di Recasens da dieci anni. Dopo il suo primo divorzio, non ha più presentato nulla.

"E nessuno ha mai indagato su questo tizio?

"Cortés, non è ora di fare polemiche, ma di agire. Siamo d'accordo? "intervenne il capo.

Álex sospirò stancamente.

"Va bene. E puoi dirci dove si trova questa presunta clinica?

"Nel quartiere El Poble Nou, nella zona del 22 Arroba, in un locale vicino a un supermercato "rispose il capo.

"E non hai mandato nessuno finora?

"Ho due agenti in borghese lì fuori. Hanno riferito che al momento sembra esserci il personale della clinica dentro. Non sanno bene cosa fare.

"Allora stiamo perdendo tempo. Dobbiamo ottenere un mandato dal giudice.

Il viceispettore si voltò e prese un foglio dalla stampante.

14

"Eccolo qui "disse il capo, consegnandoglielo con sarcasmo".
È appena arrivato. In basso avete la squadra delle forze speciali pronta. Ora andate e tenetemi informato.

Álex prese il foglio, lo piegò e lo infilò nella giacca. Proprio mentre stava attraversando la porta, il capo lo chiamò di nuovo.

"Álex... fate attenzione. Potrebbero essere pericolosi.

Álex, senza girarsi, rispose:

"Più pericolosa è l'indifferenza.

15

Le sirene e le luci rotanti si spensero a poche centinaia di metri prima del locale indicato. La polizia bloccò il traffico all'ingresso della strada e i veicoli del corpo di polizia si fermarono di colpo di fronte all'edificio. I furgoni del corpo speciale dei Mossos d'Esquadra bloccarono improvvisamente le ruote sull'asfalto, lasciando segni. L'arrivo delle forze dell'ordine paralizzò il quartiere, come se una meteora avesse attraversato il cielo, lasciando dietro di sé una scia luminosa e scintillante.

In meno di un battito di ciglia, i portelloni si aprirono e un esercito di agenti armati uscì dai veicoli con elmetti e fucili d'assalto. Prima che chiunque dei passanti potesse reagire, avevano già abbattuto la porta della clinica. Gli agenti entrarono tra urla e rumori.

A distanza, i due detective si avvicinarono. Entrambi tenevano le loro pistole e indossavano giubbotti antiproiettile. Quando arrivarono, si fermarono sul marciapiede, aspettando il via libera per entrare.

Álex allacciò il suo giubbotto antiproiettile. Poi ispezionò l'area circostante. Era un isolato di edifici modesti e un po' trascurati, in contrasto con i moderni grattacieli del distretto Arroba 22 che si stagliavano dietro. La maggior parte dei residenti, lavoratori e pensionati, si affacciava alle finestre per assistere allo spettacolo inaspettato. Di fronte c'era un Internet café e un supermercato di una famosa catena Low-Cost.

Quando il trambusto cessò, l'agente di grado superiore uscì in cerca dei due ispettori.

"Colleghi, entrate, abbiamo un problema "li chiamò l'uomo, con un'espressione preoccupata.

Álex entrò per primo, dietro l'agente del GEI. Il vestibolo aveva un tappeto verde e tende beige a lamelle, in stile anni Ottanta. L'arredamento era obsoleto e l'ambiente buio. Dietro il bancone della reception c'era un giovane ammanettato. L'area di accoglienza, se così si poteva chiamare, puzzava di umidità e di chiuso.

Si inoltrarono lungo un corridoio grigio che attraversava il locale. Le pareti erano sporche, i soffitti erano coperti da ragnatele e c'era sporcizia fossilizzata dappertutto. Due uomini presidiavano l'ingresso. L'agente che apriva la strada si fermò prima di entrare e si voltò. Álex, giudicando dalla breve occhiata che aveva potuto dare, supponeva che fosse una vecchia clinica dentale abbandonata e riadattata per altri scopi.

"Non ho mai visto un posto così schifoso "disse il capo ai due detective prima di entrare.

Álex alzò gli occhi e vide un piccolo cartello che diceva: *"Sala Operatoria"*.

La porta si aprì e rivelò uno spazio che sembrava più una sala degli orrori. Sembrava un obitorio degli anni '70, persa in una città del profondo West americano.

Karla, dopo una rapida occhiata all'interno, si coprì la bocca con una mano.

Il pavimento era di un economico piastrelle di ceramica di colore rossastro. Nell'aria si sentiva l'odore del fumo di sigarette. Le pareti erano intonacate, come in una camera da letto. C'erano scaffali pieni di barattoli aperti e impilati, coperti da due dita di polvere. Erano presenti anche simboli religiosi e foto di santi, su mobili in legno gonfiati dall'umidità del pavimento. Un tavolo di ferro con macchie marroni di ruggine sorreggeva un piccolo lavabo. Al centro, un lettino per massaggi fungeva da tavolo operatorio. Sopra di esso c'era una giovane donna svenuta, coperta fino al collo da un lenzuolo a fiori, con una maschera d'ossigeno. Si vedevano macchie di sangue nella zona pelvica.

In piedi c'era un'altra donna, ammanettata. Doveva essere l'infermiera, ma assomigliava più a una strega. Tra le labbra teneva una sigaretta accesa da cui cadeva la cenere. Accanto a lei c'era un altro uomo ammanettato, probabilmente il chirurgo. Álex, con gli occhi spalancati, si gettò su di lui senza pensarci, sorprendendo il capo dei GEI.

"Cosa le stavate facendo? Dannazione! "gridò Álex, spingendogli la nuca contro il muro.

L'uomo, di corporatura esile, non oppose resistenza.

"Calmati, Cortés! "disse il capo, allontanandolo dall'uomo come se fosse un burattino". Non otterrai nulla in questo modo.

Karla si avvicinò alla donna sul lettino e le mise la mano sulla fronte.

"È febbricitante "disse, poi alzò lo sguardo verso i due dipendenti". Posso sapere cosa le stavate facendo?

Entrambi si guardarono e la donna scosse la testa, come se

non avesse nulla da dire.

L'espressione di Karla passò dalla frustrazione alla rabbia. Quando qualcuno faceva del male a una donna, si risvegliava la bestia che aveva dentro.

"Portate via questa donna da qui "disse guardando il capo dei GEI.

Gli agenti presero l'infermiera e la trascinarono fuori dalla sala operatoria.

"Non dire nulla, per favore, ricorda Jordi! Non dire nulla! "gridò la donna strega mentre scompariva nel corridoio.

"Cosa le stavate facendo? Vogliamo saperlo! "disse Álex, afferrando il chirurgo per il bavero del suo camice.

"L'ambulanza è in arrivo "confermò il capo dei GEI.

"Non posso. Non posso parlare "disse il chirurgo.

Álex lo guardò fisso, furioso.

"Sai che Jordi è morto? "gli disse.

L'altro uomo all'inizio non capì cosa intendesse, ma pian piano la sua espressione cambiò.

"L'hanno trovato morto e questo posto ha a che fare con la sua morte "continuò Álex". Ora tocca a te decidere se vuoi continuare a essere complice di un omicidio o collaborare con la giustizia.

Il chirurgo guardò il pavimento e rimase in silenzio, riflettendo.

Dall'altra parte della stanza, Karla prese un panno inzuppato d'acqua e lo applicò sulla fronte della donna, che continuava a perdere sangue.

"Parla, dannazione! "gridò di nuovo il sergente.

Il chirurgo rimase in silenzio, e Álex lo lasciò andare, frustrato.

"Portatelo in commissariato "disse, allontanandosi con una

smorfia di disgusto.

Dopo pochi minuti arrivò l'ambulanza, con un medico e un infermiere, e portarono la paziente al più vicino ospedale. Álex e Karla uscirono con gli infermieri. La donna era in condizioni terribili. Aveva perso una quantità ingente di sangue, aveva bisogno di cure urgenti e di una trasfusione.

Mentre Karla guardava l'ambulanza scomparire dietro gli edifici, Álex le posò una mano sulla spalla.

"Dovresti vedere una cosa "disse Álex.

Lei lo seguì senza dire una parola e attraversarono di nuovo il corridoio della clinica degli orrori. Quel luogo sembrava essere pieno di macabre sorprese.

Attraversarono di nuovo la porta della sala operatoria. Nella stanza c'era solo una macchia di sangue che continuava a gocciolare dalla precaria lettiga.

Álex passò oltre e aprì la porta successiva. Era una piccola stanza piena di roba e attrezzature obsolete, senza finestre. Per prima cosa notarono un odore molto intenso e nauseabondo. Entrambi i detective si coprirono il naso con un fazzoletto. Dopo pochi secondi che lo avvertirono, capirono che era un odore di ruggine, di sangue coagulato. Álex si fermò accanto a un secchio di plastica. All'interno vide qualcosa che sembravano cavi, anche se non lo erano.

"Sai cos'è questo? "chiese Álex.

Karla rabbrividì.

"Per fortuna non ne avevo mai viste. Credevo che non venissero più usate "rispose abbassandosi sul secchio.

"Beh, purtroppo ci sono ancora criminali che le usano. Questa clinica praticava aborti illegali.

Il secchio era pieno di sonde insanguinate utilizzate per interrompere la gravidanza.

"Ma non è tutto "aggiunse Álex". Vieni.

La donna lo seguì.

Passarono alla porta successiva e Álex l'aprì.

Nella stanza scarsamente illuminata c'erano diversi letti singoli. I pannelli dei letti erano in legno e c'erano valigie impilate, quasi a ostruire l'ingresso.

L'odore penetrante di sporcizia riempì le narici dei detective. C'erano diverse donne sdraiate, in un ambiente che sembrava più un appartamento squallido che un ospedale.

"Credo che quel chirurgo debba spiegarci molto di più di quanto pensassi.

16

I due detective osservavano il chirurgo dall'altra parte del vetro. Si era tolto il camice sporco di sangue secco della clinica degli orrori. Legato al tavolo con la testa appoggiata sulle braccia, sembrava pentito e fragile.

Era il primo pomeriggio del secondo giorno. La nave da crociera era già attraccata da ventiquattro ore e l'ago dell'orologio continuava a muoversi implacabilmente. Mancavano meno di due giorni alla scadenza, e dovevano risolvere quel caso in ogni modo possibile.

Quell'uomo poteva essere l'unico filo da tirare.

" Dobbiamo colpire il punto debole della clinica " disse Alex guardando il chirurgo.

" Non abbiamo tempo da perdere. Entriamo " continuò Karla.

" Sì, ma aspetta " disse Alex, facendo un sorso di caffè. " Il punto più debole sembra essere lui, ma forse la chiave è la donna.

" Quella strega? " disse Karla. " La manderei al rogo.

" Non siamo nell'epoca dell'Inquisizione, lo sai? Non so se

te ne sei accorta.

La donna lo guardò e sospirò, allontanandosi dal tavolo.

" Queste persone meritano solo di marcire nelle prigioni " disse Karla, indicando l'uomo, sapendo che non poteva sentirla. " Sai cosa hanno fatto a quelle povere donne?

" Con questo atteggiamento, non otterrai nemmeno una caramella da un negozio di dolci. Siamo qui per il caso, non per la tua vendetta personale.

" È ironico che tu me lo dica, con la tua crociata contro Néstor.

" So che ti preoccupi per il benessere di quelle povere donne, ma con la tua rabbia non risolveremo il mondo. Canalizza ciò che senti per aiutare quelle ragazze e pensa a tutte quelle che hai salvato da quel maledetto posto.

Karla girò la testa e fissò il pavimento.

Poi prese fiato.

" Lo so, hai ragione, ma non riesco a togliermi dalla mente l'immagine di quella povera donna " disse, sembrando meno arrabbiata e più compassionevole. " Continuo a chiedermi quante donne siano passate da quel lettino.

" Karla, ora è in buone mani. Quella donna si salverà. Non preoccuparti più per lei " disse Alex toccandole il viso. " Sono consapevole che il tuo passato ti tormenta, ma dobbiamo guardare avanti. Se avessi saputo cosa avremmo trovato là dentro, non ti avrei portato con me.

" No, dovevo venire, per l'amor di Dio " disse allontanando la mano del collega con discrezione. " Non dobbiamo farne un dramma " aggiunse senza sembrare molto convincente.

Alex la osservò, cercando di capire se stesse dicendo la verità o cercando solo di convincersi.

" Karla, pensa che chi doveva pagare per questo orrore l'ha

fatto. È stato bruciato in un forno " disse Alex, poi si girò di nuovo verso il detenuto. " Guardalo, è molto probabile che sia un disgraziato. Ti dico solo che quest'uomo potrebbe essere la nostra chiave e portarci a capire chi fosse davvero Jordi Recasens. E, soprattutto, quali sono stati i suoi peccati.

Karla lo osservò con curiosità.

" Conosco questo sguardo " disse lei. " Cosa hai in mente?

Álex rise cinicamente.

" Ho un'idea.

17

Si aprì la porta e la caporale Ramírez entrò e si sedette di fronte al chirurgo.

Appoggiò una cartella con un colpo e un bicchiere di caffè sul tavolo.

Lui alzò la testa. I suoi occhi erano rossi, imploravano pietà e compassione.

Era come una sfera in equilibrio su un pendio, pronta a precipitare.

Karla non poteva manifestare ciò che stava pensando in quella stanza. Il tempo stringeva e la missione era più importante della sua vendetta personale.

Per un momento Karla pensò che le lacrime dell'uomo fossero di coccodrillo. Se fosse stato per lei, avrebbe inflitto la peggiore delle torture. Ma il codice del Corpo aveva la precedenza e la priorità. Si aggrappò alle parole di Álex.

Respirò e si stirò la schiena. Si sistemò sulla sedia e aprì la cartella.

"Fernando Gastrini "disse, e suonò come uno sparo.

Lui non disse nulla.

"Non hai precedenti. Le tue impronte non sono nella nostra

base di criminali. Sei arrivato in Spagna con passaporto italiano circa due anni fa "disse lei, girò pagina e dopo una piccola pausa continuò a leggere". Diversi lavori ufficiali, secondo l'ufficio del lavoro, e mai ti hanno convalidato la licenza di medicina nel nostro paese. Fino a quando scompari dalla circolazione circa sei mesi fa.

Poi si fermò e alzò lo sguardo.

L'uomo cominciò a tremare.

"Di cosa hai paura?

Lui girò la testa verso il vetro che rifletteva la sua immagine.

"Di lui.

"Di chi? Non c'è nessuno dall'altra parte del vetro.

"No. Di Jordi.

"Jordi è morto. Nessuno ti farà nulla.

"No. Potrei essere il prossimo.

Karla alzò le sopracciglia.

"Se ci aiuti possiamo proteggerti, te lo garantisco.

Fernando, il chirurgo degli orrori, rise cinicamente.

"Chissà chi sarà stato. Se hanno ucciso lui, prima o poi troveranno anche me.

"Aspetta, aspetta. Chi potrebbe averlo ucciso?

"Psssshh "sospirò". Ci sono tanti che potrebbero volerlo morto…

"Tanti perché?

L'uomo alzò la testa; il suo sguardo era diverso. I suoi occhi da agnello si erano trasformati in quelli di un essere ostile, quasi infernale.

"Più di quanto tu possa immaginare.

Nel frattempo, Álex entrava nella stanza accanto, dove l'infermiera aspettava seduta.

La donna lo seguì con lo sguardo.

17

Si sentì osservato. La presenza della donna riempiva l'intera stanza. Probabilmente era una delle prime volte che si era sentito a disagio con un indagato.

Rimase in piedi, osservandola, dando a intendere chi comandava nella stanza.

Dopo un po', appoggiò il bicchiere sul tavolo insieme a una cartella e si sedette.

Lei non smetteva di guardarlo: era un vero e proprio scontro di titani.

La strega aveva i capelli neri e ruvidi, poco curati, raccolti in uno chignon. Dal colorito abbronzato, il tabacco aveva inoltre scavato profondi solchi ai lati delle sue labbra. I suoi occhi erano neri; profondi come buchi.

Indossava una camicia con le maniche arrotolate e una gonna a quadri. Poteva essere vicina all'età della pensione.

"È difficile capire come una donna possa fare del male a un'altra donna.

Lei non rispose e continuò a guardarlo intensamente.

"Gabriela Vázquez Fuertes "disse il poliziotto con un sospiro.

"Hai fatto i compiti, poliziotto?

"Cosa stavano facendo in quel… stavo per dire clinica, ma sarebbe un insulto per quelle vere. Diciamo… *strutture*.

"Aiutavamo le donne.

"Scusa? "disse il poliziotto". Far sanguinare una ragazza è aiutarla?

In quel momento, la donna abbassò lo sguardo e sul suo volto scuro apparve un sorriso malizioso.

"Cosa succederebbe se tua figlia rimanesse incinta da un compagno di classe e non riuscissi a ottenere un appuntamento fino alla scadenza legale per l'aborto? Ventidue settimane. Tra ansie, dirlo ai tuoi genitori, esitazioni e consigli degli amici, i mesi passano in un battito di ciglia. E se non avessi molti soldi? Eh? Puoi immaginarlo, ispettore?

"È certo che non la porterei mai in un posto del genere.

«Non riesco nemmeno a immaginare quanto disperato debba essere uno per farsi operare in un posto del genere», pensò Álex.

Poi prese un sorso del liquido scuro senza staccare gli occhi dall'infermiera. Tuttavia, dentro di sé, desiderava poter gettare il liquido bollente in faccia alla criminale.

Aprì la cartella e, dopo aver dato un'occhiata ai documenti, intuì il punto debole della donna di fronte a lui.

"Signora Vázquez, lei è stata espulsa dall'Ordine delle Infermiere. Perché?

"Per un errore.

"Non mi risulta.

"Un complotto, la vendetta di un medico.

"La diffamazione e l'inganno sono armi a doppio taglio.

"Volevano farmi uscire da un ospedale e ci sono riusciti.

"Chiaro. Prima è stata disciplinata ed espulsa da un ospedale. Poi è andata in un altro ed è successo lo stesso. Coincidenza? L'hanno colta mentre somministrava un cocktail di farmaci a un anziano. Vero?

"Non è mai stato dimostrato.

"Ma è stata espulsa ed è stata condannata a cinque anni di prigione per negligenza medica. È uscita dopo due anni per buona condotta.

"È che sono una brava ragazza.

Álex si trattenne nuovamente dall'aggressione.

Inspirò profondamente.

"È strano "disse sfogliando le pagine". Ah sì, ora capisco. Lei era sul lastrico e guarda un po', proprio quando stava per toccare il fondo, improvvisamente, o meglio, per magia, le tre rate del mutuo vengono pagate e non perde la casa. Jordi Recasens l'ha salvata dalla strada. È per questo che lo sta proteggendo?

"Non sto proteggendo nessuno. Non so chi sia quell'uomo.

"Certo. Lei mi farà perdere tempo, ma io farò in modo che passi il resto dei suoi giorni in prigione, sicuro come mi chiamo sergente Cortés.

Lei non rispose, gli restituì lo sguardo come una persona che non ha più nulla da perdere.

"Molto bene, lo fa da sola. Non posso fare niente per lei. Grazie per la collaborazione. Ha diritto a un avvocato, se non può permetterselo, ne verrà nominato uno d'ufficio "disse mentre si alzava.

Già in piedi, Álex si grattò la testa e sospirò. Non gli piaceva ciò che stava per fare, ma era necessario. Il maggiore Aragonés voleva efficacia e che il caso si risolvesse.

«Necessità estreme, estremi rimedi». Álex guardò il vetro; sapeva che c'era un collega dall'altro lato. Fece un cenno con la testa; l'altro lo capì e spense la registrazione. Poi Álex si risistemò sulla sedia. Ci volle un momento prima che lei capisse cosa fosse appena successo. Álex riaprì la cartella. "Gabriela "disse Álex con tono provocatorio mentre estraeva un foglio che teneva come un asso nella manica". Che ne direbbe se ricominciassimo da capo? Le farò una proposta. Lei mi dice tutto quello che sa, senza tralasciare dettagli… "Oppure… Álex respirò profondamente. "Oppure, suo figlio finirà in prigione per più di dieci anni. Ma non in un luogo qualsiasi, mi prenderò personalmente cura di farlo condurre in un braccio d'isolamento, pieno di detenuti sessuali affamati di giovani come suo figlio. Fu il primo momento in cui lo sguardo della donna cambiò completamente. Si sconvolse e si appoggiò allo schienale. Poi abbassò lo sguardo: la freccia del sergente aveva colpito nel segno.

18

Karla si sentì intrappolata con una creatura infernale. Il carnefice si era rivelato un lupo in veste di agnello.

Un brivido le attraversò la schiena vedendo quegli occhi, e fu la prima volta che provò paura. Non poteva mostrarla; d'altronde l'uomo era ammanettato al tavolo e non rappresentava un vero pericolo.

Pensò che il miglior attacco fosse la difesa.

"Faresti bene a parlare, pezzo di merda.

Lo sguardo dell'uomo divenne più intenso. La donna non volle fermarsi a riflettere su cosa lui avrebbe potuto farle se non fosse stato legato.

"Ti stai sbagliando, Fernando, sono qui per aiutarti.

"Nessuno può aiutarmi. Né tu, né il tuo amichetto che mi ha sbattuto contro il muro.

"Ti chiedo scusa a nome della polizia.

"Le scuse di un poliziotto sono come carta igienica in un bagno.

Karla rimase in silenzio. Doveva cambiare strategia.

"Chi era Jordi Recasens?

"Il diavolo. Un approfittatore.

"Approfittatore?

"I suoi informatori cercavano persone disperate, con poche risorse e molte necessità. E noi le soddisfacevamo.

"Necessità? Spiegati meglio.

Fernando si fermò un attimo a riflettere, abbassò lo sguardo.

"Disperati che si rivolgevano al padrino della salvezza.

"Padrino? Salvezza? Di cosa stai parlando?

"Se il tuo ragazzo ti mette incinta e hai quindici anni, non vai dai tuoi a farti pagare un aborto "disse l'uomo". O peggio, se ti mette incinta il tuo professore di musica, tuo nonno o, ancor peggio, il tuo patrigno. Cosa fai? Vai dove puoi. I ricchi vanno in cliniche private. I poveri vengono da noi, i medici low cost.

La donna serrò i pugni cercando di controllare le sue emozioni. Il suo passato era una ferita rimarginata, ma non guarita.

"Sai quante ragazze o donne vengono in preda alla disperazione per un aborto? E hanno solo bisogno di essere ascoltate e perdonate.

Si fissarono intensamente senza dire una parola. L'uomo posò lo sguardo sui pugni di Karla, serrati sul tavolo.

"Anche tu sei passata per una clinica clandestina, sbirra?

Quelle parole furono come un colpo al cuore.

La donna deglutì.

"Non è tutto, vero? Cosa facevate ancora lì dentro?

"Alcuni mesi fa, Jordi aveva scoperto una nuova fonte di guadagno, molto più redditizia. Molto più lucrosa "disse, sollevando le mani, allungando le catene delle sue manette". Toglile e ti mostrerò "disse Fernando in tono sfidante.

"Neppure per sogno. Cosa aveva scoperto?

18

L'uomo lanciò alla detective uno sguardo carico di desiderio.
"Inseminazione in vitro.
"Non è una novità.
"Già, ma con madri surrogate.
"Come?
"Tuo marito è fertile e tu no. Avete i soldi, ma non volete andare dall'altra parte del mondo. Noi troviamo la donna. Prendiamo lo sperma del padre e l'ovulo della madre e lo inseriamo nel ventre di una madre surrogata.

Il viso della donna si contorse in un'espressione di disgusto.
"In quelle strutture?
"Non hai idea di cosa queste benedette mani possano fare "disse lui mostrando le sue palme.

Karla sentì il voltastomaco.
"Quante volte è andato tutto storto?
Lui sbuf.
"Molte volte. Perché pensi che Jordi non venisse mai in clinica? Lui cercava i clienti e ce li mandava. E quando succedeva qualcosa di molto grave, lasciavamo la clinica e ci trasferivamo altrove, in un altro quartiere, o in una città metropolitana.

"Non mi hai risposto.
"Pensavo di averlo fatto.
"No. Quante volte le operazioni sono andate male?
"Molte! "gridò Fernando". Non hai visto il posto dove lavoravamo? Sei cieca o cosa?

Lei si tirò indietro.

«Non sei un povero diavolo, sei colpevole quanto Jordi», pensò Karla.

"Cosa succedeva quando l'operazione andava male?

Fernando distolse lo sguardo.

Karla diede un pugno sul tavolo. L'uomo alzò di scatto la testa, senza aspettarselo. Non era solito per lei, ma le era venuto spontaneo. Sempre più spesso assomigliava ad Álex.

"Ebbene, Jordi aveva un tipo che prendeva il cadavere e lo faceva sparire.

"Un tipo? "disse lei". Chi?

"Non lo so. Non l'ho mai visto, te lo giuro. Quando tornavo in clinica la mattina, il corpo non c'era più.

"Santo Dio! "esclamò, sopraffatta". Quante donne sono morte?

"Ho preferito non contarle, ma penso non più di dieci "disse lui con un certo cinismo.

Il cuore di Karla sussultò.

"Nessuno teneva una contabilità?

Fernando distolse di nuovo lo sguardo.

Karla, vedendo che non rispondeva, insistette.

"Perché?

Lui si girò, con gli occhi rossi.

"Perché cosa, sbirra?

"Perché facevi tutto ciò?

"Hai mai guardato negli occhi i tuoi bambini affamati senza avere nulla da dar loro da mangiare? Il giorno in cui saprai cosa significa, allora comprenderai meglio il mondo.

Lei deglutì.

"Chi potrebbe aver ucciso Jordi Recasens?

"No, bella, la domanda non è quella.

"E quale sarebbe? "chiese Karla, vedendo che l'uomo non continuava.

"Quale lavoro ha accettato che non avrebbe dovuto? "disse e fece una pausa". E, soprattutto. Chi ha avuto tanta pazienza?

18

Su quale merda ha messo il piede che è riuscito a trovarlo e vendicarsi?

19

Álex sentì di aver colpito nel segno.

Il poliziotto pensò che tutti hanno un punto debole; trovarlo era solo questione di tempo e delle informazioni giuste.

In fondo, Gabriela, l'angelo nero della clinica degli orrori, era anche una donna e prima di ciò era madre. Era difficile immaginare quali traumi avesse potuto subire per trasformarsi in un mostro spietato. Ma, contro ogni previsione, aveva anche sentimenti.

Empatizzare con un mostro era difficile, ma non impossibile.

"Mi aiuterai? "chiese Álex.

Dopo averci riflettuto, la donna annuì.

"Ma promettimi che a mio figlio non succederà nulla "ribatté l'infermiera.

"Ti prometto che non lo metteremo con dei criminali sessuali. Sarà un processo equo. Il migliore possibile.

"Mi fido della tua parola, poliziotto.

"Cosa facevate nella clinica?

La donna sospirò.

19

"Cosa vuoi sapere?

La donna iniziò a descrivere tutte le malefatte che facevano nella clinica, la cattiva prassi, le operazioni complicate, i corpi scomparsi. Gli aborti, le maternità surrogate, l'inseminazione artificiale.

"Solo questo?

Lei sbuffò.

"Ti sembra poco?

"Parlami di Jordi.

"Jordi? L'ho visto due volte.

"Come?

"Non si faceva mai vedere. Non lo trovi, è lui che ti trova se ha bisogno di te. Non veniva mai alla clinica.

"E come vi pagava?

"Ci mandava una busta alla clinica.

"Jordi Recasens è morto.

La notizia sconvolse la donna. Aveva su di lei lo stesso effetto di un secchio d'acqua gelida in pieno inverno.

"Come?

"Questo non importa. Chi potrebbe essere stato? "Lei alzò le spalle. La sua espressione mostrava quanto fosse difficile accettare la notizia". Chi avrebbe potuto volerlo morto?

"Molte persone. Clienti, l'ex moglie, partner, chissà in quanti guai poteva essere coinvolto.

"Ex moglie? Quale? Ne ha avute diverse.

La donna distolse lo sguardo.

"Hai promesso di dirmi tutto.

"Le voci dicono che aveva un'ex moglie che voleva vederlo morto. Ma Jordi era come un gatto con sette vite.

"Come si chiama?

"Non lo so.

"Gabriela, come si chiama? "disse Álex diventando ancora più serio.

Lei sospirò.

"Maledetto bastardo "disse l'infermiera guardandolo negli occhi". Beatriz Portos.

Il poliziotto aggrottò le sopracciglia.

"Non può essere "disse lui tirando fuori un documento dalla cartella". La sua ex moglie si chiama Ana Paula Ferreira.

"Questo è il nome ufficiale, ma non il vero nome.

"Cosa intendi dire?

"Che si è sposato con chi stai pensando.

"Beatriz Portos, la famosa trafficante? "disse lui, mostrando scetticismo.

"Non è un mio problema se non ci credi. Ora il casino è il tuo. Buona fortuna nel trattare con quella gente. Sai cosa succede, sbirro… quando si gioca col fuoco.

20

Álex non sopportava le attese.

Poteva essere duro, un mascalzone, perfino arrogante quando si presentava l'occasione. Ma di sicuro non era uno che rimandava.

Erano trascorse quasi ventiquattro ore dalla chiamata del superiore e l'indagine sulla nave da crociera si era spostata dal porto alla città. Proprio come si diffonde un virus, in silenzio, le tracce di Jordi Recasens penetravano nella Barcellona delle periferie, dell'immigrazione clandestina, della criminalità organizzata. Era la città nella città.

Álex lasciò parcheggiata la sua Mini a casa. Un'intuizione gli suggerì di prendere la sua motocicletta: una Honda di grande cilindrata, nera come la notte.

Si fece strada zigzagando tra le auto sulla Ronda de Dalt. Un collega dei servizi segreti aveva individuato il nascondiglio dove, presumibilmente, risiedeva la trafficante. Non aspettò né l'ordine del giudice né rinforzi. Il sergente si lanciò verso il suo obiettivo veloce come un proiettile.

Una ex moglie risentita di anni fa poteva essere la mandante di un omicidio, ma qualcosa gli diceva che il tempo trascorso dalla separazione tra Jordi e Beatriz era un elemento che non quadrava.

Cosa avrebbe potuto fare l'uomo per essere ucciso dalla sua ex moglie dopo dieci anni?

Qualcosa non tornava, ma non poteva metterlo da parte: doveva scoprirlo.

Appena usciti dagli interrogatori, Karla con il chirurgo e Álex con Gabriela, si divisero le indagini. La notte si preannunciava lunga. Álex avrebbe cercato la trafficante mentre Karla sarebbe tornata sulla nave per rispondere a una chiamata del capitano: era successo qualcosa e avevano chiesto nuovamente l'intervento delle autorità.

La moto correva per le strade di Barcellona. Nel frattempo, nella mente del poliziotto, si intrecciavano i due casi; quello di Jordi e quello di Néstor. Forzava la mente a ripassare i dettagli dell'indagine su Jordi, ma la sua concentrazione vacillava e tornava incessantemente al serial killer.

Le parole di Lorenzo Lima risuonavano nella sua testa.

"Veritas vos liberitabit. È ancora vivo, stai tranquillo, ti cercherà lui".

Cosa intendeva con quella frase?

Era come un martello pneumatico che gli martellava la testa.

Fermò la moto vicino alla sua destinazione. Era un'officina specializzata in auto di grande cilindrata. All'ingresso c'erano auto di lusso, potenti e con i vetri oscurati.

Per strada non c'era nessuno, ma la tranquillità della zona

trasmetteva più inquietudine che altro. L'officina aveva due piani e al piano superiore le luci erano ancora accese. Nelle vicinanze c'erano capannoni industriali abbandonati. Era una zona industriale della periferia e la desolazione era accentuata dall'ora notturna.

I marciapiedi erano pieni di sporcizia, ad eccezione di quello proprio davanti alla tana.

Álex si tolse il casco e lo appoggiò sul manubrio. Controllò che il GPS indicasse il punto corretto. Nella casella di posta aveva un messaggio da Karla: era arrivata sulla nave, qualcosa non andava e appena avrebbe saputo di più lo avrebbe informato. Aggiungeva che facesse attenzione.

La caporala non era d'accordo con la sua idea di andare a parlare con quella donna: aveva paura per lui. Anche lui sentiva che non era stata una buona idea. Ma il tempo non perdona, e la lancetta dei secondi non si fermerebbe per la paura.

Passò la gamba dietro la sella e alla nuca sentì un oggetto metallico, freddo.

"Cosa fai qui? "disse un uomo, seguito da uno scatto.

Álex lo conosceva bene: era il caricamento di una pistola.

Alzò le mani e si girò lentamente.

Davanti a lui c'era un uomo di due metri, vestito di nero, con uno sguardo deciso.

Vedendo che Álex non rispondeva, gli puntò la pistola alla fronte.

"Penso di essere venuto per incontrare la tua capa.

L'uomo emise un suono che ricordava un ruggito.

Poi tirò fuori un cellulare e chiese istruzioni.

Dopo pochi minuti, Álex entrò nel covo della trafficante più temuta di Barcellona.

L'officina era un luogo buio ma pulito. Era piena di auto da riparare, e al suo interno si muovevano diversi uomini armati che proteggevano l'edificio.

Álex si sentì fuori posto: un poliziotto in un'isola urbana senza leggi.

Le scale che portavano all'ufficio erano metalliche e producevano un suono spettrale ad ogni passo. Era impossibile attraversarle senza avvisare chi era al primo piano.

Il buttafuori che lo aveva minacciato aprì la porta. Dietro, c'era un ufficio, completamente diverso dal resto dell'edificio.

La stanza aveva pareti in mattoni a vista, piante e divani in pelle. Mostrava gusto e raffinatezza. L'aria profumava di Chanel n°5. Anche se Álex non era un esperto, aveva l'impressione che le opere d'arte che lo circondavano fossero preziose, come quelle che avrebbe comprato un neo-ricco.

Appena fece un passo, la poltrona di pelle si girò e poté vedere la donna.

"Ecco, ecco. Cosa abbiamo qui? "disse lei con un accento portoghese. Aveva le braccia appoggiate sui braccioli della sedia, con le dita intrecciate". Cosa fa un poliziotto da solo nella mia casa?

Il buttafuori gli diede una spinta facendo cadere Álex nell'ufficio, verso la padrona di casa.

"È pulito "disse, passando alla donna il cellulare e il portafoglio di Álex.

Lei lo esaminò con lo sguardo; dopotutto, Álex era un uomo affascinante: occhi azzurri, ricci neri e un portamento distinto.

"¿Beatriz Portos?

20

Lei alzò un sopracciglio.

"Siediti, sergente Álex Cortés "disse, leggendo il distintivo senza perdere di vista il buttafuori". Puoi andartene, grazie.

La donna mostrava classe ed eleganza, nonostante i suoi affari loschi.

"Chi sei?

"È lei Beatriz Portos?

"Vi aspettavo "disse, versando del cognac in due bicchieri". Prima o poi, sapevo che sareste arrivati.

21

La macchina di pattuglia si fermò accanto alla passerella, vicino a un furgone del corpo di polizia. Karla lo riconobbe: era del gruppo di Mario.

L'agente scese e mandò un messaggio a Gildo.

Poi si avvicinò alla passerella e salutò i due colleghi che sorvegliavano l'ingresso della nave.

"Relazione.

"Tutto tranquillo, caporale. Circa mezz'ora fa, i colleghi della scientifica sono entrati.

"Altro?

"Niente di più.

Karla annuì e attraversò l'elegante passerella.

Una volta entrata, il giovane cuoco la stava già aspettando.

"Grazie per avermi accompagnato "disse Karla.

"Un piacere rivederti "rispose Gildo in tono galante. Poi mostrò una mappa e indicò un punto con il dito". Dobbiamo andare a questo ponte.

"Ponte?

"Volevo dire corridoio.

Karla annuì e lo seguì.

Dopo pochi passi, il giovane italiano disse:

"Karla, il capitano mi ha chiamato nel suo ufficio oggi pomeriggio e ha detto di mettermi a vostra disposizione. Di offrirvi tutta l'assistenza necessaria.

L'ispettrice lo guardò, sorpresa.

"Hai di solito un rapporto così buono con il capitano?

"Non l'avevo mai visto prima. È piuttosto riservato "rispose e poi aggiunse quasi sussurrando all'orecchio". Penso che voglia andarsene il prima possibile.

Lei non disse nulla e tenne per sé i suoi pensieri.

"Il sergente Cortés non viene? "chiese Gildo dopo aver preso diversi ascensori e attraversato un paio di corridoi.

"Sta interrogando un sospettato. Mi dispiace, non posso dirti di più.

"Ah, capisco, avete diviso il lavoro.

"Non lo facciamo spesso, ma in questa indagine, il tempo è essenziale.

Arrivarono al posto indicato da Gildo. La porta era chiusa e sorvegliata da un agente. La aprirono ed entrarono indossando l'attrezzatura necessaria per non contaminare la scena del crimine.

La cabina era stretta. La finestra aveva le tende tirate e il tappeto blu era immacolato, quasi nuovo. La stanza aveva un letto matrimoniale, una piccola scrivania e una poltrona. Di fronte all'armadio c'erano delle valigie chiuse. Tutto era al suo posto. La prima cosa che colpì Karla fu l'ordine e l'odore di profumo.

Dopo un'occhiata più attenta, notò un deodorante d'ambiente.

"Caporale "disse un agente con una macchina fotografica in mano". Buonasera.

Lei rispose con un cenno del capo.

"Cosa abbiamo qui? "chiese.

Dietro di lei c'era Gildo, anch'esso in bianco.

"Il cadavere è qui, seguimi.

Entrarono nel bagno. L'uomo era nella vasca.

"Infarto? "chiese lei.

"Ma neanche per idea! Lo hanno messo qui per farci credere che sia stato quello. Lo hanno soffocato, spogliato e poi messo qui dentro.

Karla aggrottò la fronte notando che il collega aveva dato quella spiegazione come scontata, senza alcuna esitazione.

"Cosa ti fa essere così sicuro della tua ricostruzione?

"Guarda qui, le lividità sulla testa sono nella parte inferiore e l'area rossastra intorno al collo. Ciò indica che potrebbe essere stata usata una tovaglia o un tessuto per soffocarlo.

Lei lo osservò attentamente.

Il corpo giaceva nella vasca da bagno, con un braccio fuori, il collo pendente all'indietro e la bocca aperta.

Karla si abbassò all'altezza del cadavere.

"Quindi non è morto qui.

"Assolutamente no.

"E perché mi hai detto che doveva essere vestito?

"Perché la camicia sulla poltrona aveva il colletto tutto stropicciato. Vuoi che te la mostri?

"Sì, arrivo. Lasciami guardare ancora un attimo.

Karla esaminò il cadavere e notò un tatuaggio strano sull'avambraccio sinistro, a forma di placche: le tipiche placche di metallo usate dai militari. Su una di esse c'era una frase: "A Man of War". Un uomo di guerra.

Gli occhi del cadavere erano ancora aperti. L'iride era di un colore verde grigiastro. Aveva i capelli corti, in stile militare.

Karla guardò il lavandino. Accanto al lavello c'erano gli oggetti del defunto, tutti perfettamente allineati, in una simmetria quasi ossessiva: profumi, creme, accessori per la rasatura…

A parte ciò, non notò nulla di più. Uscì.

"Guarda, questi sono i vestiti "disse il collega, indicandoli sul letto.

"Non ha senso che siano così. Tutto in ordine tranne i vestiti sparsi. L'assassino aveva fretta di andarsene.

"Secondo me, è stato goffo. Ha cercato di ingannarci, di ricostruire una scena. Con la mia esperienza, non ci sono dubbi: è una scena del crimine.

Karla ascoltava.

"Sappiamo chi era?

"Il nome del cliente è Michael Rembury.

"Come?

Il collega lo ripeté.

"Sembra un nome di musicista o artista.

L'altro alzò le spalle.

Qualcosa dentro di lei disse a Karla che l'interpretazione del suo collega era corretta.

"Va bene, se non ti dispiace, daremo anche noi un'occhiata "disse.

Il collega annuì e continuò a fotografare tutta la cabina.

Karla spostò leggermente la tenda e guardò fuori. Stando a destra del corridoio, poteva immaginarlo: si vedeva il giardino interno. Era una cabina matrimoniale, anche se usata da una sola persona. Tuttavia, non era lussuosa come quella di Jordi

Recasens.

Esaminò le valigie, le aprì sul pavimento e notò che erano vuote.

Poi aprì uno zaino, cercò al suo interno e vide che non conteneva alcun dispositivo elettronico: solo un cellulare, che era appoggiato sulla scrivania.

Nello zaino trovò solo vecchi libri e fogli sparsi con appunti che a prima vista sembravano irrilevanti. C'era una tasca laterale piena di monete e oggetti senza valore o interesse.

Ma qualcosa attirò la sua attenzione: una volta vuoto, lo zaino pesava ancora troppo.

Trovò una cerniera nascosta e la aprì: tirò fuori un pacco di banconote di diverse valute e una pila di passaporti. Ognuno di una nazionalità diversa: italiano, cileno, americano, svizzero, canadese.

"Guarda un po' il nostro cliente "disse Gildo vedendo l'arsenale". Sembra un agente del MI6.

"Quest'uomo è molto di più di quanto pensassimo "rispose Karla.

Dopo aver controllato l'elenco degli equipaggi, confermarono che nessun documento corrispondeva al nome che vi era riportato.

"Penso che Michael Rembury sia in realtà molto più di Michael Rembury. " disse Karla e continuò a cercare fino a quando non estrasse un cellulare". Scommettiamo che è il cellulare di Jordi Recasens?

Subito dopo lo consegnò al collega della scientifica.

Poi si avvicinò al portafoglio, dove trovò un documento inglese con il nome con cui si era registrato.

"Karla, guarda cosa ho trovato qui " disse Gildo guardando

21

nell'armadio.
Lei si avvicinò.
"Cosa hai scoperto?
"Guarda... è lui.
Karla guardò dentro l'armadio e comprese a cosa si riferiva il giovane italiano.
Aveva ragione: l'avevano trovato.

22

La trafficante versò un dito di liquore in ogni bicchiere e ne passò uno ad Álex.

"No grazie. Non bevo.

"Nessuno ti ha chiesto se volessi, sei arrivato a casa mia senza preavviso e non rifiuterai di bere con me.

Álex si trovò in una situazione delicata. Prese il bicchiere e bevve tutto il liquore in un sorso, contemporaneamente alla donna. Il cognac gli bruciò la gola fino a scomparire nello stomaco.

"Un cognac della *Maison Rémy Martin*. Annata del 1978, il migliore del secolo scorso. Degustato con Álex Cortés, il miglior poliziotto dell'investigativa di Barcellona " disse lei, guardando il tesserino di polizia che l'energumeno le aveva sottratto.

"Grazie. Lei è Beatriz Portos?

"Basta con questi manuali da poliziotto. Che cosa vuole? Perché è venuto da me?

"Lei è stata la moglie di Jordi Recasens.

"Ah, Jordi, che tipo... " disse lei, interrompendolo". Cos'è successo ora?

"L'hanno trovato morto su una nave da crociera ieri.

La donna lo guardò intensamente e alzò un sopracciglio.

Ci fu un silenzio che durò più di quanto entrambi si aspettassero.

"Capisco.

"Capisce?

Lei sospirò.

"Se l'è cercata.

"Non la seguo.

Lei si morsicò un labbro.

"È una lunga storia.

Álex posò il bicchiere sulla scrivania di legno massello, tra carte e cartelle. Lei gli avvicinò la bottiglia per versargliene ancora e lui mise una mano per fermarla.

"L'arte dell'ascolto, rispetto all'arte del raccontare. Per favore, ci aiuterebbe a capire chi era Jordi Recasens.

L'espressione di Beatriz cambiò. Álex poteva quasi sentire come stesse scegliendo le parole nella sua testa prima di rispondere.

"Mi sono separata da lui anni fa, non ricordo nemmeno quanti... penso undici. Aveva degli affari nel settore immobiliare che gli fruttavano molto e, nell'euforia del momento, ci siamo sposati. Ma poi, con la crisi del 2008, tutto è andato a rotoli. E con esso il suo carattere e la sua etica. Ha iniziato a cimentarsi nel settore sanitario, molto redditizio, ma poco etico " disse mentre si versava altro cognac, lo annusò e ne bevve un sorso.

La donna indossava un tailleur rosso e una maglietta nera, con una collana di perle che contrastava con i suoi capelli castani. Sul suo viso, con tratti portoghesi, c'erano rughe che tradivano circa sessanta anni.

"L'ho perso di vista molto tempo fa. Gli ho sempre voluto

bene, ma non ho mai condiviso il cambio di direzione nei suoi affari. Vuole che le dica la verità? " Fece una pausa". Non mi sorprende che l'abbiano ucciso.

"Perché?

"Perché si diceva che qualcuno volesse fargliela pagare per qualcosa che non era andato bene. Non so dirle cosa.

"Un affare andato male?

"No, piuttosto qualcosa di personale. Si diceva che qualcuno stesse cercando qualcuno per un "lavorino", per… capisce.

"No, non capisco, mi spieghi per favore.

"Agente, mi sta capendo, un incarico per far sparire Jordi.

"E lei non lo ha avvertito?

"L'ho fatto, ma non era la prima volta. Lui rispondeva che erano le regole del gioco, che succedeva a chi faceva ciò che faceva.

"¿Succedere cosa?

Lei scosse la testa.

"Non lo so, ma penso, anzi, deduco che sia successo qualcosa nella sua clinica. Secondo me, era qualcosa di personale. Questo "qualcuno" ha cercato un uomo fino a che, a quanto pare, lo ha trovato. Questa storia è vecchia, almeno di qualche mese, quindi alla fine ci è riuscito. Mi dispiace per lui, ma… " disse alzando le braccia ". Ognuno sa a cosa va incontro.

Álex annuì guardandola.

"Non è stata lei?

"Non mi aspettavo questa domanda da te. Pensavo fossi intelligente.

"È il mio lavoro.

Lei lo guardò e lui rimase immobile.

"¡No! Ti dirò solo una cosa: se fossi stata io, ti garantisco

22

che non saresti qui, perché non avresti mai trovato il corpo. Non compio questi errori da principiante. E sai, se non c'è un corpo, non c'è reato.

"Come ha saputo che volevano uccidere Jordi?

"Si dice il peccato, non il peccatore " disse lei, bevendo un altro sorso di liquore ". Sei sicuro di non volerne ancora? Questo cognac è eccezionale.

"No, grazie. Ma voglio sapere chi e come ha scoperto tutto.

"Agente, non te lo dirò. Sono stata molto chiara con te, quindi se non desideri la mia compagnia e non vuoi altro cognac… ho molto da fare " disse restituendogli le sue cose.

Álex colse il suggerimento. Estrasse un biglietto da visita e lo posò sulla lussuosa scrivania.

"Se ha qualcosa da dirmi, ecco il mio numero di telefono " disse alzandosi ". Grazie per il suo tempo e per il cognac.

La donna guardò il biglietto.

Si voltò e se ne andò. Quando aprì la porta del suo ufficio, udì:

"Ehi, agente! " disse lei ". Non è affare mio, ma stai attento, i posti dove cercano questo assassino non sono sicuri per i detective, soprattutto se sei il più famoso della città.

Álex aggrottò la fronte.

"Grazie, ma andrò ovunque ci sia la verità. La legge non guarda in faccia a nessuno e non conosce ambienti. Ci sono cose che qualcuno deve fare, ovunque sia.

Tornò alla moto e controllò il cellulare. C'era un messaggio di Karla di oltre un'ora prima.

«Dove sei? L'equipaggio ha trovato un altro corpo. Inizio l'ispezione sul posto. Ti tengo aggiornato».

23

Le parole della contrabbandiera scorrevano nella mente di Álex, come i titoli di coda di un film.

Ma ciò che era successo in quell'ufficio era inusuale per il sergente. Qualcosa che non gli aveva permesso di essere completamente presente nella conversazione con Beatriz. Qualcosa che era esploso nella sua testa con la stessa forza di fuochi d'artificio.

Non poteva distogliere lo sguardo o reprimere le sue intuizioni.

Guardò l'orologio: era tardi, ogni minuto era prezioso; ma quell'intuizione era troppo forte. Era consapevole che ciò che stava per fare andava contro gli ordini dei suoi superiori. Ma nonostante ciò, mise il cellulare nella tasca dei jeans, allacciò il casco e accese il motore della potente moto. Partì sgommando sull'asfalto della periferia di Barcellona.

Attraversò la zona industriale deserta e prese la Ronda de Dalt. La percorse a tutta velocità. Quando arrivava ai radares fissi, dei quali conosceva perfettamente la posizione, rallentava mettendo a dura prova i freni. In pochi minuti si trovò dall'altro lato della città.

Prese l'autostrada e accelerò in direzione della Costa Brava. Stava trasgredendo due ordini.

Il primo, del maggiore Aragonés, di dare priorità al caso della crociera.

E il secondo, del vice ispettore Rexach, di non seguire le tracce di Néstor Luna.

Ma era notte, nessuno l'avrebbe saputo, o almeno così credeva.

Prese l'uscita per Lloret de Mar. La costa si avvicinava. A quell'ora, quasi non incrociava nessuno. Il potente motore della moto ruggiva nelle curve e rombava attraverso i tunnel che portavano alla desolata urbanizzazione fuori dal paese costiero.

Ridusse la velocità e si avvicinò. Le luci della casa erano spente.

Parcheggiò la moto proprio di fronte all'ingresso, sotto un lampione, l'unico che illuminava la zona.

Aprì un baule laterale e tirò fuori una torcia. Lasciò il casco all'interno e si affrettò ad entrare nella casa.

L'aria proveniente dal Mediterraneo era fresca e portava un odore di salsedine che ricordava l'estate.

Attraversando i nastri della polizia, si rese conto che non era stata una buona idea. Soprattutto perché nessuno sapeva che era lì.

La porta della casa di Lorenzo Lima cigolò, producendo un rumore straziante.

Si diresse direttamente al garage. La torcia proiettava un

fascio di luce abbastanza intenso da accecare qualcuno a distanza.

Iniziò a scendere le scale che portavano al garage. Era lo stesso posto dove Lorenzo aveva ucciso la donna e sezionato il cadavere. I motori dei congelatori emettevano un ronzio inquietante.

Álex continuò a scendere le scale. Quando arrivò a metà, sentì un rumore. Proveniva dal piano di sopra, proprio dietro di lui. Si fermò. Un brivido gli percorse la schiena. La prima cosa a cui pensò fu Néstor.

"Come è possibile che mi abbiano seguito?", pensò.

Non poteva credere che ci fosse qualcuno lì. Dopo che la polizia aveva fatto le sue indagini e sigillato la casa, quello doveva essere, in teoria, il posto più sicuro e l'ultimo posto dove si sarebbe aspettato di trovare Néstor Luna… almeno, in teoria.

Sotto la giacca aveva la pistola carica, ma non avrebbe avuto il tempo di estrarla se gli avessero puntato un'arma.

Doveva fare qualcosa, doveva almeno provarci. Dietro di lui i rumori continuavano. Chiunque fosse, era ancora sulla soglia della porta.

Una goccia di sudore freddo gli attraversò la fronte.

In un movimento disperato, mise la mano destra nella fondina della pistola, con l'intento di voltarsi e illuminare ciò che aveva dietro con la torcia.

In quel momento, il rumore iniziò ad avvicinarsi, scendendo le scale.

Prima che Álex potesse voltarsi, era già su di lui.

Un gatto gli corse tra le gambe miagolando, proseguì fino

23

alla fine e scomparve in qualche angolo del garage.

La paura gli fece battere il cuore a mille.

La torcia gli cadde dalle mani, illuminando a intervalli fino all'ultimo gradino.

Si fermò quando raggiunse la fine.

Álex rimase pietrificato, con la pistola in mano. Respirava affannosamente, esausto, come se avesse corso uno sprint.

Si abbassò per raccogliere la torcia. Cercò di calmarsi.

Respirò profondamente. Non ci riuscì.

"Va bene, Álex. Non c'è nessuno, sono solo le tue paure."

Passarono alcuni minuti prima che ritrovasse la lucidità e ricordasse il motivo per cui era lì.

Si concentrò sulle parole di Lorenzo Lima.

"Veritas vos liberitabit".

Cosa significavano?

Perché le aveva dette proprio prima di morire?

In realtà, anche se provenivano da Lorenzo, era stato Néstor a mettere quelle parole in bocca al povero uomo. Come un parassita, aveva inoculato quel virus, quel messaggio, nella sua vittima.

Álex comprese che quel messaggio conteneva un indizio, un enigma, una traccia… un criptogramma nascosto.

Allora analizzò la frase.

Liberabit… libertà… a cosa si riferiva parlando di libertà?

Álex guardò intorno. Il garage buio rifletteva la luce della torcia sulle piastrelle lucide. I congelatori, sigillati dalla polizia, non erano ciò che stava cercando: erano già stati ispezionati.

No, era qualcos'altro, qualcosa legato alla libertà e che non avrebbe attirato l'attenzione di un agente della scientifica.

Le pareti erano lisce, senza nulla appeso. Non c'erano stanze adiacenti; solo un banco di lavoro e quei maledetti congelatori.

Potevano contenere due auto, era uno spazio aperto. Álex si grattò la barba; aveva perso la cognizione del tempo. Si chiese se ne fosse valsa la pena.

La libertà...

"Forse ho sbagliato".

Respirò profondamente, si calmò e desistette. Pensò che fosse stata una falsa traccia.

Salì le scale e attraversò l'atrio.

Afferrò la maniglia della porta per uscire, quando sentì il ticchettio di un orologio.

Álex si fermò e i suoi pensieri corsero.

L'orologio segnava l'una di notte.

Arrugò le sopracciglia. Si voltò.

Entrò nella casa. Ad ogni passo, il parquet tradiva la presenza dell'agente. Estrasse di nuovo la pistola. Alla fine del corridoio c'era l'antica camera dei genitori di Lorenzo. Diede un'occhiata e uscì.

La porta successiva era chiusa. La aprì lentamente. La stanza di Lorenzo era lì. Poster con disegni infantili coprivano le pareti. Gli scaffali, pieni di giocattoli, sorpresero l'agente.

«Un ragazzo di una trentina d'anni, con una stanza da bambino».

Si avvicinò alla montagna di giocattoli. La parola *libertà* risuonava nella sua mente come un mantra.

I giocattoli erano ammucchiati e sotto c'era un aereo militare di Lego. Spostò tutti gli altri.

«Un aereo può rappresentare la libertà?».

L'aeroplano aveva uno sportello per caricare veicoli. Lo aprì e immediatamente notò qualcosa di strano. All'interno c'era una luce lampeggiante. Infilò la mano e sentì un oggetto metallico, poteva essere un cellulare. Lo estrasse.

Un vecchio navigatore GPS.

Toccò lo schermo e la retroilluminazione si attivò. La mappa mostrava un punto lampeggiante dove si trovava lui, nella casa di Lorenzo.

Álex aveva appena trovato qualcosa.

Come avevano potuto non notarlo prima?

Ingrandì l'immagine con due dita. Indicava un indirizzo, una destinazione. Era un messaggio; l'ispettore lo capì. Néstor gli aveva lasciato un indizio e aveva fatto in modo che nessun altro lo trovasse.

Il punto di destinazione era un luogo non identificato, a circa quindici chilometri.

Incastrò il GPS in una custodia sul manubrio, avviò la moto e iniziò a dirigersi verso il luogo che Néstor aveva segnato.

Cosa avrebbe trovato lì? Più morte? Più cadaveri? Altri indizi?

C'era solo un modo per trovare la risposta, ed era seguire le indicazioni del GPS.

24

Gildo aveva trovato l'elemento chiave aprendo l'armadio della cabina dove era stato trovato il secondo cadavere.

Il giovane italiano prese il berretto scozzese a quadri e lo porse a Karla.

"Non c'è dubbio, è lui "disse Karla, e poi si girò verso il collega". Chi ha trovato il cadavere?

Quest'ultimo interruppe il suo lavoro prima di rispondere.

"La donna delle pulizie.

"A che ora?

"Metà pomeriggio "rispose dopo alcuni secondi di riflessione.

Karla uscì dalla stanza e poi si ricordò di qualcosa.

"Avete messo voi il cartello di non disturbare sulla porta?

"No, l'abbiamo trovato così.

"Penso che potreste trovare delle impronte dell'assassino su quel cartello "disse Karla rientrando". Perché sono entrati se c'era il cartello?

"La donna dell'equipaggio che era con noi ci ha detto che aveva l'ordine di pulire tutti i giorni a quell'ora. Ecco perché ha ignorato il cartello. Inoltre, ha detto che spesso i bambini

lo mettono per scherzo.
 Karla annuì.
 Poi si sedette sul letto e appoggiò la testa tra le mani.
 "Cosa ne pensi, Karla? "chiese Gildo.
 "È un professionista… un killer, un mercenario "rispose, prese il cellulare e mandò un messaggio a Álex:

«Abbiamo trovato chi ha ucciso Jordi Recasens, era un sicario. È morto anche lui. Ora dobbiamo scoprire chi ha ucciso questo tipo. È libero sulla nave. Per favore, quando finisci con la trafficante, chiamami».

Rimise il cellulare in tasca e si alzò.
 "Penso che per oggi sia tutto "disse a Gildo". Bravo per aver trovato il berretto, almeno abbiamo qualcosa. Abbiamo solo questa notte e domani per cercare. Vado "confermò Karla.

Entrambi lasciarono la cabina del presunto sicario che aveva nascosto il corpo di Recasens nel forno. Il cadavere sarebbe stato portato all'obitorio di Sabadell. La signora della morte si sarebbe presa cura di lui.
 Avevano fatto un grande passo avanti: l'uomo che appariva nelle immagini delle telecamere era stato identificato. Il cappello e le proporzioni fisiche non lasciavano spazio a equivoci.

Karla guardò l'orologio: era l'una di notte quando arrivò a casa. Non appena si tolse le scarpe, mosse le dita dei piedi, che si erano intorpidite dopo molte ore in piedi.
 Chiuse gli occhi e respirò profondamente. Lasciava alle spalle una giornata difficile.

Ma l'assenza di notizie da Álex la tormentava.

Controllò WhatsApp. L'ultimo messaggio era stato consegnato, ma non letto. Il precedente, in cui le spiegava di aver trovato un secondo cadavere sulla nave, era stato letto da Álex un paio d'ore prima. Karla capì che doveva essere stato prima dell'incontro con Beatriz, la contrabbandiera.

Posò il telefono e sospirò.

Si stese sul letto.

"Álex, dove sei?

Attese un po', poi decise di chiamarlo e si alzò.

Il telefono squillava, ma nessuna risposta. Insistette più volte, ma nulla.

«Forse si è dimenticato di chiamarmi. Sarà a casa», pensò Karla.

Le ipotesi più disparate e fantasiose attraversarono la sua mente.

Si spogliò e, indossando una cuffia di plastica per non bagnarsi i capelli, entrò nella doccia. Era proprio quello di cui aveva bisogno, rinfrescarsi prima di andare a letto.

Il getto d'acqua le massaggiava le guance. Era consapevole che Álex avesse la sua vita, ma quella domanda le ronzava in testa.

«E se l'incontro è andato male? Non ci si può fidare di una contrabbandiera. Una contrabbandiera ha un codice etico o morale? E, ancora peggio, le avranno chiesto chi è?».

Si rese conto che erano stati ingenui e poco cauti a lasciarlo andare da solo. Ma ormai era troppo tardi. Finì di fare la doccia e cercò di dormire, ma non ci riuscì.

25

Ci voleva coraggio per seguire le indicazioni del GPS. Coraggio e una buona dose di incoscienza. Ma Álex era più propenso a seguire la sua intuizione piuttosto che la logica in molte fasi delle indagini che portava avanti.

La motocicletta squarciò la notte con il suo rombo. La nebbia, che invadeva la strada attraverso la campagna di Gerona, non impedì al poliziotto di proseguire.

Le indicazioni lo condussero ad una deviazione insolita, un piccolo villaggio di passaggio di cui non aveva mai sentito parlare. Seguì il cartello indicante *"Riudellots"*. Superata la rotonda sotto la strada principale, prese una strada secondaria. All'improvviso vide il punto che segnava la sua destinazione. Alzò lo sguardo, rallentò e alzò la visiera. Si avvicinava a quello che sembrava un vecchio stabilimento abbandonato.

Voleva veramente andare in quel posto? Era quel il luogo dove Néstor voleva portarlo?

Ridusse la velocità fino a fermarsi.

Il complesso industriale era in mattoni, con una ciminiera centrale. Sembra un relitto della prima rivoluzione industriale, forse un'antica fabbrica tessile o di ceramica.

Il cancello era arrugginito dal tempo e il portone era socchiuso. Il punto di arrivo era proprio accanto alla ciminiera centrale.

Riuscì a entrare con la moto e si avvicinò a quel grande monumento al passato. Il rombo del motore echeggiava tra gli edifici abbandonati, ricoperti di graffiti e con vetri rotti.

Quando i fari della moto illuminarono la base quadrata della ciminiera, notò qualcosa di inquietante: c'era un uomo che lo osservava.

La paura lo assalì e un brivido gli percorse il corpo, come una saetta lungo la schiena.

L'uomo indossava un impermeabile scuro e un cappello.

Quando la distanza tra di loro si ridusse, lo sconosciuto iniziò a correre verso un lato del complesso industriale.

Álex, vedendo il movimento improvviso, accelerò bruscamente e lo seguì a destra. Questa volta lo avrebbe catturato.

Ma quando cercò di girare il manubrio per inseguirlo, sentì che qualcosa non andava. La ruota anteriore non rispondeva. Il pneumatico perse aderenza e tutta la potenza fece scivolare la moto sull'asfalto.

Álex e la moto furono lanciati in aria, in quello che gli sembrò un'eternità.

Mentre cadeva, l'uomo scomparve nel caos. L'impatto contro un muro fece un rumore assordante di metallo e plastica che si scontravano contro il muro di mattoni.

Álex assorbì l'impatto contro l'edificio, prima con le gambe e poi con le braccia. La testa rimase protetta dal casco.

L'asfalto aveva strappato parte dei jeans e lo scontro lo aveva stordito.

Mentre cercava di riprendere fiato, comprese il motivo della scivolata: l'asfalto era coperto di olio motore.

Néstor lo stava aspettando e aveva previsto tutto; anche quell'incidente.

Era sdraiato, in balia del suo predatore.

Il dolore alla schiena, causato dall'impatto, divenne più intenso. Poi, l'ardore delle gambe, graffiate dall'asfalto, peggiorò. Poteva solo pensare al dolore, fino a che, attraverso l'apertura del casco, vide tornare la figura dell'uomo, con in mano una pistola.

Se la puntò tra le sopracciglia, ridendo.

Era lui.

Néstor Luna.

Il suo volto tradiva sete di vendetta. Le folte sopracciglia nere sporgevano da un viso pallido. Gli occhi penetranti fissavano il poliziotto disteso a terra, impotente di fronte a lui.

Ansimava, pallido, e sul suo volto si leggeva l'eccitazione all'idea di ciò che aveva in serbo per il sergente.

Ma non era finita lì: Álex non aveva detto a nessuno dove si trovava.

Il serial killer più noto di Barcellona lo guardò negli occhi. Era la prima volta che si fissavano così, direttamente.

Il dolore del poliziotto fu oscurato dalla rabbia.

Néstor armò la pistola con l'altra mano.

"Quale sorpresa, sergente! "esclamò l'assassino con occhi sbarrati.

Álex non rispose; era ancora paralizzato.

"Ammetti che è una bella sorpresa! "disse con tono vendicativo". Davvero, hai impiegato molto a trovarmi. Mi aspettavo di più da te, Álex. Dopo il rapimento del bambino e l'affare del furgone, pensavo avresti trovato il GPS prima. Mi hai deluso, sai… e molto.

Álex rimase a terra, con la canna della pistola puntata tra le sopracciglia.

"Alzati! "ringhiò Néstor.

Il poliziotto obbedì.

"Maledetto bastardo "rispose Álex, con i denti serrati.

La rabbia lo travolgeva. L'assassino che aveva cercato per tanto tempo, quello che tutti credevano morto, era lì davanti a lui e non poteva fare nulla.

Le contusioni iniziavano a diventare insopportabili. Una gamba gli faceva più male dell'altra, quella con cui era atterrato.

La moto giaceva a terra, come un animale travolto da un treno.

Néstor tolse l'arma a Álex e la mise via. Poi lo spinse con la sua, costringendolo a camminare verso un edificio abbandonato.

"Che caduta hai fatto, poliziotto, dovresti stare più attento in giro "disse con sarcasmo.

"Cosa vuoi da me?

"Continua a camminare, lo scoprirai presto.

Entrarono da una porta rovinata dal tempo. All'interno, solo oscurità e silenzio. L'assassino estrasse una torcia e illuminò una sedia affinché Álex vi si sedesse. Accanto c'era un tavolo.

In lontananza scorse un furgone. Era più grande di quello visto davanti alla stazione di polizia.

Si chiedeva come avrebbe fatto a scappare di lì.

La situazione gli era sfuggita di mano quasi senza rendersene conto.

Si domandò se meritava quella fine; se fosse stata la redenzione dei suoi peccati.

Álex Cortés era un uomo tosto e, a volte, tendeva a ignorare le regole. Gli era sempre andata bene, ma questa volta avrebbe pagato il prezzo più alto per la sua impulsività.

"Siediti "disse Néstor.

Álex si fermò.

L'aria puzzava di urina di gatto. Il tetto, ormai eroso dagli agenti atmosferici, aveva lasciato filtrare le ultime piogge, e sul pavimento si riflettevano piccole pozzanghere. La luce si rifletteva su di esse, rivelando la struttura del capannone industriale, con le travi di ferro che lo sorreggevano.

"Non ci penso nemmeno. Non mi siederò lì "disse Álex, girandosi verso l'assassino.

Néstor sferrò un colpo al volto di Álex con il calcio della pistola.

Álex si chinò, dolorante. Si toccò il viso per vedere se gli stava sanguinando il naso.

"Ascoltami bene, sergente, non fare il tirchio. Sei stato bravo a venire, ma ora basta perdere tempo con il mio piano perfetto.

"E quale sarebbe il tuo piano?

L'altro rise in modo stridente, tanto che risuonò nell'intero ambiente.

"È un peccato terribile che tu non lo veda "disse, tenendo un braccio disteso mentre puntava con l'altro.

Una volta smesso di ridere, mostrò la sua vera essenza.

"Adesso legati a quella sedia "disse, indicando la sedia.

Álex guardò il sedile: una vecchia poltrona da ufficio, con schienale e braccioli imbottiti. Sopra c'erano due fascette nere e spesse.

"Mettili e chiudili! "ordinò Néstor.

Álex guardò le fascette e poi si voltò verso l'assassino, dando a intendere che quella sarebbe stata l'ultima cosa che avrebbe fatto.

La notte oscura rendeva la situazione ancora più desolante. Dalle travi pendevano pipistrelli che, come spettatori del rapimento, osservavano la scena.

"Neanche per sogno! "rispose il poliziotto, immaginandosi le conseguenze.

"O te le metti o ti sparo.

"Molto meglio, così finiamo prima.

Néstor annuì.

"Facciamo un patto "disse Néstor facendo un passo indietro". Calle de Basconia, 35, 2º A.

Era l'indirizzo di sua sorella. Álex si alzò subito.

"Siediti, Cortés "ordinò l'assassino, spingendolo con la pistola a sedersi e lasciandogli un segno rotondo sulla fronte.

"Se osi toccarla di nuovo…

"Cosa? "gridò Néstor con arroganza". Cosa mi farai? Mi ucciderai? Non credo, perché stai per morire tu. Quindi ascoltami bene, poliziotto. Stiamo facendo un patto. O ti metti le fascette e ti leghi alla sedia o ti uccido con un colpo e vado all'indirizzo dove vive tua sorella e finirò ciò che avrei dovuto fare con quella pazza dall'inizio. Ma questa volta, il pacchetto lo riceverà la caporale Ramírez. Capito?

Álex lo guardò con la rabbia che l'impotenza gli provocava.

"Va bene. Ma devi promettermi una cosa.

"Quale?

"Che non farai niente a mia sorella.

L'assassino annuì.

"Mi sembra un accordo giusto. Ma ora non farmi perdere altro tempo "disse, indicando le fascette con la pistola.

Álex infilò la mano sinistra nell'anello della sedia e tirò fuori l'estremità della fascetta.

"Stringila di più, Álex.

Lui lo guardò e continuò a tirare finché non la bloccò completamente.

"Bene, ora l'altra.

Álex mise la mano destra nell'altro anello, che formava una specie di anello, sperando che il suo piano improvvisato avesse qualche possibilità. Voleva far credere a Néstor che non poteva farlo da solo. Poi si sarebbe avvicinato per aiutarlo e gli avrebbe tolto la pistola.

"Mi aiuti? "chiese.

"No, poliziotto, ora devi stringerla con la bocca.

Il suo piano svanì.

Álex inspirò e con rabbia tirò la fascetta con la bocca, lasciando uno spazio di un dito.

"Di più, poliziotto, di più.

Álex sospirò e tirò finché non immobilizzò la mano.

"Eccellente. Abbiamo qui con noi il prossimo candidato dello *Show di Luna* "gridò Néstor come fosse un presentatore televisivo. Prese la pistola per la canna e la usò come microfono". Buonasera a tutti gli spettatori, ecco un nuovo concorrente! Che l'amore infinito del Nostro Signore sia la forza che guida ogni suo passo verso l'eternità. Insomma, come ogni sera, abbiamo un ospite nella nostra parrocchia, ma stasera è uno speciale: una persona illustre, una celebrità della TV, un uomo che ha saputo salvare tutti tranne se stesso e la mano di sua sorella, giusto? "gridava come se avesse un pubblico intorno a lui". Ecco a voi, in persona, Álex Cortés. Un caloroso applauso per l'ospite di stasera.

Aprì le braccia e ruotò su se stesso.

"Sei più pazzo di quanto pensassi "disse Álex.

"Grazie per gli applausi, caro pubblico. Álex Cortés, sei felice di essere qui con noi? Spero di sì, perché il gioco, vedrai, ti piacerà, è un gioco molto divertente. Anzi, oserei dire che ti piacerà tantissimo perché è un gioco mortale.

Néstor continuò a parlare come se fosse in uno studio televisivo. Posò la pistola e la torcia su un piccolo tavolino con ruote dove aveva altri oggetti.

Poi mise le mani dietro la schiena e con un'aria confidenziale, disse:

"Sai, ora che sei qui, ti dirò qualcosa in privato. Non importa che ci siano loro, non faranno nulla "disse riferendosi al suo pubblico immaginario". Devo confessarti che avevo molta stima per te. Sei riuscito a trovare tua sorella nel pozzo, hai capito i criptogrammi e sei arrivato fin qui.

Allora prese dal tavolino arrugginito una siringa.

"Cos'è quella? "chiese Álex cercando di allontanarsi dallo strumento.

"Calma, questo ti aiuterà a sentire meno, stai tranquillo. Fa parte dell'accordo "disse mentre gli piantava la siringa nel collo". Sarai solo più docile mentre ti taglio.

Dopo aver iniettato il liquido, continuò a parlare.

"Ti dicevo che ti credevo più astuto, poliziotto. Pensavo che saresti arrivato qui prima. Pensavo che avresti scoperto l'altro che ho preparato per te.

"L'altro? Cosa c'è ancora?

"Peccato! Ora non lo scoprirai. È un vero peccato. Ma penso che ti metterò nello stesso posto "disse mentre posava la siringa". E pensa che lo avevo reso molto chiaro a pagina quindici del mio libro, Álex, se non l'hai capito è perché sei un

po' tonto.
 Poi prese una sega dal tavolino.
 Álex, vedendola, capì il piano di Néstor.
 Inghiottì saliva.

La vista del poliziotto diventava sempre più sfocata e i suoi pensieri sempre più confusi.
 "Signore e signori, stiamo per assistere alla fine del super poliziotto Álex Cortés. Volete vedere come lo rimanderemo a Barcellona? Non vi sento, più forte per favore! Più forte. Sì! Così! "disse come se sentisse il pubblico urlare nella sua testa malata". Bene Álex, sembra che ti rimanderemo a Barcellona… ma a pezzi "urlò tra una risata fragorosa.

Poi appoggiò la sega sulla spalla di Álex e, nella parte più vicina all'impugnatura, ne affondò le punte.
 Queste attraversarono la giacca di pelle. Il viso di Néstor trasudava felicità e gioia.
 Álex avvertì un pizzicore alla spalla, attenuato dal cocktail di farmaci che aveva nelle vene.
 L'assassino si godeva il momento. La sua respirazione si accelerò.
 Una goccia di sangue scivolò giù dalla giacca.
 In quel momento, uno stormo di pipistrelli si staccò dal soffitto e prese il volo, uscendo da uno dei buchi del tetto e scomparendo nella notte.
 Néstor aggrottò la fronte e si girò di scatto.
 Non era normale che gli uccelli si spaventassero così facilmente.
 Si voltò verso la porta d'ingresso.
 Si allontanò da Álex e rimase in attesa.

Si avvicinava un rumore. Dalla cadenza e dall'intensità, non poteva essere un animale.

L'espressione di Néstor cambiò quando comprese cosa stava accadendo. Lasciò la sega sul tavolo e accettò ciò che stava per succedere.

26

Il cocktail di farmaci aveva offuscato la sua vista e la sua capacità cognitiva, e Álex non capiva cosa stesse succedendo.

Si rassegnò al suo destino: finirebbe smembrato e inviato chissà dove. O peggio ancora, conservato in un congelatore.

Néstor sapeva che la peggiore vendetta era far sì che i suoi familiari non potessero mai trovare il suo corpo. Vagare tra domande e non poter pregare sulla tomba di un figlio era la perdita più straziante.

Tuttavia, Álex preferiva accettare la sua fine, qualunque essa fosse, piuttosto che vedere soffrire sua sorella, una rinomata psicologa con un figlio e un altro in arrivo.

Álex si sentiva come se stesse fluttuando in una nebbia.

Poco prima, Néstor teneva in mano una sega, pronto a tagliargli il braccio.

Ora era scomparso.

Pensò di essere morto e che la foschia nei suoi occhi fosse il cielo.

Ma era più probabile che fosse finito all'inferno.

Nel mezzo della sua confusione, vide una figura avvicinarsi.

Non sembrava essere l'assassino, ma un volto più familiare: «Cosa fa Karla all'inferno?»

La donna apparve armata e con una torcia. Álex fu abbagliato dalla luce.

"Stai bene? "disse lei senza ricevere risposta". Ti hanno fatto del male, Álex? Mi senti?

Lui non rispose; si limitò a sorridere.

Karla alzò gli occhi sperando di vedere qualcuno, ma Néstor, come i pipistrelli, era sparito nel buio.

Guardò intorno, percependo la desolazione circostante.

Compresese di essere arrivata giusto in tempo.

Capendo la situazione al vedere il sangue sulla giacca e la sega, e sapendo con chi avevano a che fare, notò sulla tavola vari oggetti, ma il più inquietante era la siringa. Rimuovendo l'ago, mise il tubo in tasca.

Cosa aveva somministrato al poliziotto? Sarebbe sopravvissuto?

Dietro al tavolo c'erano diverse casse di plastica per il trasporto della carne, con dei fori. Su di esse c'era il marchio di un macello.

"Álex, rispondimi "disse Karla dandogli dei colpetti sul viso cercando di farlo reagire". Sei con me? Dai, ti prego, rispondimi, per l'amore di Dio.

Lui muoveva la testa come in un trance indotto dai farmaci, ma riuscì a rispondere.

"Cosa fai qui, Karla?

Lei scosse la testa e non rispose.

Indossò un guanto e prese la sega.

Posizionò la lama sulla fascetta che teneva fermo il braccio dell'uomo e la tagliò. Fece lo stesso con l'altra.

"Riesci a camminare? "disse Karla notando la ferita, visibile

26

attraverso il jeans strappato". Dio mio, Álex! Cosa ti sei fatto?
"Un piccolo incidente... "sussurrò lui.
"Vedo. Puoi camminare? "ripeté aiutandolo a alzarsi e sorreggendolo al collo.

In quel momento, un rumore dall'altro lato dell'edificio ruppe il silenzio, creando un'eco. La donna si girò di scatto, puntando l'arma nella direzione opposta all'uscita.

La pistola le tremava in mano. La sua respirazione era irregolare.

Mettendo da parte le sue paure, disse:
"Andiamo, Álex, dobbiamo uscire da qui il prima possibile. Forza, svegliati.

Il suo compagno pesava più di quanto pensasse. Uscirono dall'edificio e, varcata la soglia, si sentì sollevata.

Continuarono a camminare, oltrepassando il veicolo di Álex.
"La mia moto...
"Lasciala, torneremo a prenderla. Ora dobbiamo metterci in salvo "disse Karla con tono irritato". Come ti è venuto in mente di venire qui da solo?
"È una lunga storia.

Mentre iniziavano a camminare, l'effetto del farmaco cominciò a svanire nel corpo.

L'ampio cortile interno della fabbrica sembrava interminabile.

Karla trascinava Álex e guardava indietro. Teneva la pistola con mani tremanti, mentre il suo cuore batteva così forte da sembrare sul punto di scoppiare.

Attraversarono il cancello arrugginito che Néstor aveva lasciato aperto per far entrare il poliziotto.

Le nuvole coprivano il cielo della Costa Brava. La tenue luce che la luna conferiva alla notte scomparve con l'arrivo delle nuvole dense.

Karla aiutò Álex a sedersi nella macchina della polizia.

"Come ti è venuto in mente di venire qui da solo? "urlò Karla, presa dall'adrenalina". Ma cosa hai in testa, amico?

Álex, ora più lucido e cosciente, decise di non rispondere.

Karla gli allacciò la cintura di sicurezza.

Guardò nuovamente il cancello del complesso industriale abbandonato, mentre la donna avviava il veicolo e i fari lo illuminavano.

"Andiamo!

Appena la macchina si mosse, le prime gocce di pioggia colpirono il parabrezza.

La macchina uscì in scodinzolando sulla strada deserta. Non appena raggiunsero l'asfalto, Karla accelerò; un istinto le diceva che il pericolo non era ancora passato.

Impiegarono pochi minuti per raggiungere la strada secondaria, e fu lì che notò due fari apparire alle loro spalle.

Guardò l'orologio; erano passate le tre del mattino. Poteva essere chiunque, ma le coincidenze sono rare.

Così Karla rallentò e le luci dietro di loro fecero lo stesso.

La strada secondaria, che portava alla statale, era vuota. Su entrambi i lati c'erano boschi.

I fari, dietro, rimanevano sempre alla stessa distanza.

"Abbiamo compagnia "disse Karla.

Álex guardò nello specchietto retrovisore.

"Non è possibile…

"Stiamo parlando di Néstor Luna. Cosa non è possibile?

Karla abbassò la marcia e alzò i giri del motore. All'improvviso, i fari rimasero indietro, dopo una curva. La strada era già bagnata e i tergicristalli eliminavano la pioggia incessante.

Prima una curva a destra, poi una a sinistra. Quando sembrava che fossero riusciti a sganciarsi e il pericolo fosse alle spalle, Karla avvertì uno strano movimento del volante.

La parte posteriore della macchina cominciò a oscillare. Non era un comportamento normale del veicolo, soprattutto in rettilineo.

Poi oscillò dall'altra parte.

I movimenti erano sempre più intensi, amplificati dall'asfalto scivoloso.

"Cosa succede, Karla?

"Non lo so, c'è qualcosa che non va nella macchina. Penso sia una ruota. No!

"Karla, attenta all'albero. Frena! "urlò Álex.

Nel momento in cui parlò, la macchina fece una giravolta, attraversò la strada invadendo la corsia opposta e si schiantò contro un albero.

27

L'urto fu tremendo. I due poliziotti subirono un violento colpo di frusta.

Il bagagliaio dell'auto era ammaccato verso l'interno.

Il motore si fermò e dalla macchina iniziò ad uscire fumo.

Quando Karla aprì gli occhi, si rese conto di ciò che era accaduto.

Poi, percepì il pericolo. Erano un facile bersaglio, un obiettivo perfetto alla mercé di un predatore spietato.

Non ci volle molto perché riapparissero i fari dell'auto che li inseguiva.

"Álex, svegliati "disse la donna, dolorante". Svegliati, per l'amore di Dio!

Il collega era rimasto incosciente per l'urto.

Sentì subito gli effetti sul suo corpo. I muscoli cervicali erano contratti.

Il veicolo dall'altro lato della strada si fermò. I suoi fari abbagliarono Karla.

La pioggia continuava a battere sul parabrezza.

Tentò di prendere la pistola, ma questa era caduta ai piedi di Álex.

Era legata al sedile e immobilizzata dal dolore.

27

La porta dell'auto che li seguiva si aprì.

Da essa uscì un uomo in impermeabile e cappello e si avvicinò.

Karla era ancora abbagliata dai fari.

Si avvicinò lentamente, come se volesse godersi il momento.

L'uomo poi estrasse una pistola e colpì il finestrino del lato di Karla. Lei non riuscì a vedere il suo volto.

L'uomo provò ad aprire la porta, ma era bloccata dall'interno.

Le fece cenno di aprirla, ma la donna non obbedì.

Allora, con il calcio della pistola, diede un colpo secco e infranse il vetro.

Nella mente di Karla scorrevano immagini della sua infanzia, dei suoi genitori. Poi, delle donne uccise dal serial killer. Chiuse gli occhi per accettare ciò che il destino le aveva riservato.

Non sentiva niente. Dopo qualche istante, sentì un rumore.

Un rumore inaspettato, tra il frastuono della pioggia, un rumore che la fece aprire gli occhi.

Il rumore di un motore di auto.

Il veicolo di Néstor si era messo in moto. Le fu chiaro che non aveva voluto ucciderli: avrebbe solo dovuto premere il grilletto, con loro intrappolati lì dentro.

Ma qualcosa lo aveva spinto a lasciarli e Karla lo capì guardando nel retrovisore. Delle luci blu e rosse si avvicinavano.

L'agente appoggiò la testa al sedile e lasciò sfuggire un sospiro di sollievo.

Il veicolo di Néstor, un furgone, scomparve nella notte con l'arrivo dei rinforzi.

Karla cercò di dire ai colleghi di non estrarla dall'auto, di inseguire il furgone che avevano incrociato, ma le mancarono le forze.

Iniziò a vedere luci sfocate e persone che si muovevano, che entravano ed uscivano.

Chiuse gli occhi e si abbandonò.

Perse conoscenza nell'ambulanza, diretta all'ospedale.

Aveva fatto tutto il possibile. Aveva salvato la vita del suo collega, Álex Cortés.

Le luci del nuovo giorno svegliarono Karla. Quando riaprì gli occhi, le luci e i colori iniziarono a prendere forma. Sullo sfondo del rumore ambientale, si udì una voce.

Realizzò di essere in una stanza d'ospedale. Ai piedi del letto c'era un uomo in bianco. Non lo riconobbe.

Al suo fianco destro vide un uomo che assunse le fattezze del vice ispettore Rexach. Quando comprese chi fosse, gli sorrise, ma lui non aveva un'espressione amichevole. Muoveva la bocca e la sua espressività non presagiva nulla di buono.

Nel momento in cui l'udito si risvegliò e iniziò a percepire le sue parole, avrebbe preferito rimanere addormentata.

Ma Karla sapeva che il male non dorme mai. Era ora di affrontare la realtà.

28

Karla non ricordava di aver mai visto il vice ispettore Alfonso Rexach così furioso.

Le fu difficile coordinare vista e udito per capire cosa stesse dicendo.

Le conseguenze delle sue azioni potevano essere enormi, ma ciò che le importava di più era aver salvato Álex dalla furia omicida di Néstor.

"Ma cosa vi è successo? "urlò Rexach". Non potete fare stupidaggini del genere a questo punto. Sembra che siate agenti appena usciti dall'accademia. Dannazione! Se non fosse stato per i rinforzi, saremmo ora all'obitorio.

Il medico dell'ospedale si avvicinò a Karla, controllò le letture della macchina accanto a lei e la dilatazione delle sue pupille. Poi fece un cenno con la testa al suo superiore e se ne andò.

Appena il medico lasciò la stanza, Álex entrò seduto su una sedia a rotelle.

Karla, vedendolo, si sollevò nel letto e sorrise.

"Álex "disse interrompendo il superiore". Come stai?

"Ecco l'altro "esclamò il vice ispettore, passandosi una mano sulla faccia.

"Niente, ci vuole molto di più per farmi male "rispose Álex, mostrandole la fasciatura sulla spalla.

"Ti fa male? "chiese lei.

"No, guarda "disse, muovendo il braccio per dimostrarlo.

"Da voi due non me lo sarei mai aspettato, un comportamento del genere "rimproverò il vice ispettore". Álex, hai contravvenuto a un ordine superiore. Ti avevo detto di non agire d'impulso su quel caso chiuso, e te ne sei fregato.

"Già, ma ora sappiamo che è vivo "disse Álex.

"Taci! Nessuno deve saperlo, non riaprirò il caso.

"Ma era Néstor!

"Shh! "disse il vice ispettore". Silenzio. Non voglio sapere altro su questo argomento.

Il capo si fermò e fissò intensamente il sergente.

"Ma cosa hai in testa? Scimmie urlatrici? Te ne vai senza dire niente a nessuno, rompi i sigilli di una scena del crimine, prendi un oggetto senza pensare che potrebbe avere delle impronte, o chissà cosa, e ti dirigi verso un luogo dimenticato da Dio. Ma ti sei impazzito o cosa?

"Volevo solo una risposta.

"Ti darò io una risposta. Ti toglierò dal caso, anzi, volevi trasferirti a Tarragona? Bene, vai lì, lontano da tutto questo.

Álex annuì.

"Hai ragione, è probabilmente la scelta migliore per tutti.

"Hai trascurato il caso della crociera e hai rischiato la tua vita e un'operazione con due cadaveri per una vendetta personale.

"Capo, capisco la tua rabbia, ma sono andato con la mia auto e fuori dall'orario di lavoro.

Il superiore scosse la testa, cercando di capire ciò che gli stava dicendo, sempre più infuriato.

"Se non avessi chiuso il caso, staremmo indagando e Néstor non sarebbe ancora in libertà. Ma poiché tu vuoi solo una medaglia sulla tua giacca e una pacca sulla spalla da qualche superiore, ecco dove siamo, con quel killer ancora a piede libero. È questo che volevi?

"Ascolta Álex, ti stimo molto, ma stai esagerando. Non dimenticare chi sono e cosa rappresento. Sai cosa succederebbe se la gente sapesse cosa c'è là fuori? "disse, con una vena che gli pulsava sul collo.

"Sai cosa succederà se quell'assassino rimane fuori? "gridò Álex dalla sedia a rotelle, indicando la finestra". Sai che potrebbe pianificare un'altra strage? Magari sta seguendo tua figlia quando esce dalla scuola, nel tragitto verso casa. O forse segue tua moglie quando esce dal lavoro. Ti rendi conto di cosa abbiamo coperto? E la polizia del paese non lo sta cercando perché pensano che sia morto. Potrebbe passare davanti a una pattuglia e loro penserebbero che è un sosia, perché ufficialmente è morto. È terribile, Alfonso, è terribile. Ma per l'amor di Dio, non lo vedi?

"Non sai quello che dici, Álex "disse il superiore guardandolo e trattenendosi.

"Basta, sembra una lotta tra galli "disse Karla". Se volete continuare a litigare, uscite da qui, ho un mal di testa che mi si rompe.

I tre rimasero in silenzio per un po'.

"Devi mettere sotto protezione mia sorella "disse Álex". Ha minacciato di ucciderla se non mi presterò a essere sezionato come le sue vittime nel furgone.

Il capo non disse nulla e si passò nuovamente una mano sul viso.

"Sei sicuro? "domandò.

Álex annuì.

"E come giustifico io questa cosa?

"Non me ne importa, è cosa tua. Se siamo in questo guaio, è colpa tua, quindi sono sicuro che ti inventerai qualcosa "disse Álex e continuò". Néstor mi aspettava. Ha sparso dell'olio per farmi scivolare.

"Ma come sapeva che saresti andato quel giorno, a quell'ora? "chiese Karla.

"Il GPS è un trasmettitore e un ricevitore. Probabilmente poteva rintracciare la posizione del dispositivo. Appena l'ho preso e si è mosso, Néstor l'ha rilevato e mi ha aspettato nel punto dell'imboscata.

"Perché non hai detto niente? "disse Karla.

Álex guardò fuori dalla finestra. La pioggia continuava a cadere con la stessa intensità della notte precedente.

"Volevo prenderlo.

"Sei un cretino "disse il capo". Come puoi essere così ingenuo?

"Ingenuo? Ascoltami bene... capo. Non si catturano serial killer dietro a una scrivania, capisci?

"Né con questi scatti d'ira o con la tua mancanza di buon senso.

"Va bene, va bene, per favore, non torniamo sull'argomento "li placò Karla". Hai già detto la tua, capo, Álex ha sbagliato, penso che non sia necessario continuare frustandolo. D'accordo?

"Karla, sei davvero cambiata. Qualche settimana fa volevi che se ne andasse e ora lo difendi "disse il capo.

La donna gli restituì uno sguardo pieno di disapprovazione. Poi si rivolse al collega e chiese:

"Ti hanno detto i medici cosa ti ha dato Néstor?

"Un cocktail di farmaci. Hanno trovato il tubo che avevi in tasca e l'hanno mandato a Sabadell, ma dobbiamo aspettare l'analisi.

Ci fu un momento di silenzio. Il capo si avvicinò alla finestra. Si trovavano nell'ospedale centrale di Girona. La stanza della donna, situata al quarto piano, si affacciava su un bosco. Attraverso di esso scorreva il Ter, un fiume che attraversava la città.

"Che hai scoperto sulla contrabbandiera? "chiese Karla.

"Beatriz Portos è una delinquente, ma ho avuto l'impressione che sia una persona con una certa logica e coerenza. Non posso confermarlo, ma non credo sia stata lei. Non aveva nessun motivo per uccidere il suo ex marito.

"E le hai creduto? "ribatté il capo.

"Sì, certamente "rispose Álex con convinzione.

"Ti rendi conto che hai meno di ventiquattro ore per risolvere il caso? Stasera apriranno le porte della crociera e dobbiamo trovare l'assassino "insistette il capo". Ti rendi conto? Cioè, lascia che te lo dica chiaramente, Álex: sei senza sospetti e senza indizi.

"Non è vero "replicò Álex, alzandosi dalla sedia a rotelle". Sappiamo che Jordi Recasens aveva una clinica clandestina. Faceva interventi illegali con strutture illegali e metodi non ortodossi. Aveva molti nemici, tra clienti, fornitori e chissà quanti altri affari loschi. Inoltre, abbiamo la donna che era con lui.

In quel momento Álex ricevette una chiamata. Estrasse il cellulare e vide sul display che era Mario, il suo collega della scientifica. Rifiutò la chiamata; non voleva rispondere in quel momento, la conversazione con il capo era più importante.

"Chi è la donna che era con lui? "disse Rexach". Chi?

"Recasens ha fatto salire una donna nella sua cabina ad Atene. Non sappiamo chi sia, è nelle registrazioni e deve essere sulla nave.

"Avete distribuito una foto per cercarla?

"Stiamo provvedendo.

"Stiamo provvedendo? "urlò il capo". No! Basta "stiamo provvedendo", fate qualcosa!

Poco dopo Álex ricevette un messaggio da Mario. Lo lesse.

"Santo Dio! Mario ha trovato qualcosa nel posto dove Néstor voleva smembrarmi "esclamò mentre usciva dalla stanza. Karla lo fermò.

"Ma dove stai andando?

"Dobbiamo tornare lì, Mario ha scoperto qualcosa di inquietante.

29

Álex uscì dalla porta e il vice ispettore lo seguì, mentre Karla si alzava dal letto dell'ospedale di Gerona.

"Álex "gridò Rexach nel mezzo del corridoio". Dove pensi di andare?

"A fare il mio lavoro "rispose lui seccamente.

Il capo accelerò e lo afferrò per un braccio.

"Aspetta, ti sto parlando.

"Sto andando a proseguire con le indagini sulla nave da crociera, ma solo perché me l'ha chiesto Aragonés. E sai una cosa? Hai ragione, chiederò il trasferimento. Ma non perché voglia tornare a Tarragona "disse, liberandosi". Ma per non doverti più vedere.

Lo lasciò nel mezzo del corridoio, senza aggiungere altro.

Álex si vestì e lasciò la stanza dell'ospedale.

Firmò la dimissione volontaria e si diresse verso il parcheggio dell'ospedale, dove una macchina civetta lo stava aspettando.

Salì sul sedile posteriore e diede un ordine al collega che guidava. Questi avviò la macchina.

Al suo fianco, sul sedile del passeggero, c'era un altro agente in borghese con un cappellino. Non ci aveva fatto caso entrando.

Mentre uscivano dal complesso ospedaliero, il telefono di Álex suonò: era Karla.

Appena lo vide, si rivolse all'autista.

"Dannazione, Karla! "disse, colpendo la porta della macchina e si rivolse all'autista". Aspetta, dobbiamo tornare indietro a prendere qualcuno.

Poi si voltò verso il passeggero.

"Pensavi di sbarazzarti di me?

Álex rise.

"Mi dispiace, il discorso con Rexach mi ha agitato.

Anche lei rise.

"Dove stiamo andando?

"Al complesso industriale, Mario ha trovato qualcosa di importante per le indagini. Ci viene comodo passarci prima di andare sulla nave "disse Álex, poi aggiunse": Per favore, manda un messaggio a Gildo.

"Gildo?

"Sì, Falcone, il cuoco, il tuo amico italiano.

"Ehi, mi sembra che ci sia un tono ironico "disse Karla cambiando tono". Forse sei geloso?

"Io? "disse Álex". Sei matta?

Poi guardò fuori dal finestrino.

"Conosco quel tuo sguardo. Álex, ti conosco come le tasche dei miei pantaloni.

"Vedi cose inesistenti "rispose lui". Sono ancora innamorato di Mary.

"Mary? "disse lei, ridendo cinicamente". Dove è Mary? Da quanto non ti scrive?

"Abbiamo solo preso una pausa. È molto impegnata e la sua carriera è molto importante per lei.
"Carriera? Importante? E tu no?
"Sai com'è, New York è New York "rispose lui, tornando al tono autorevole". Scrivi. Manda quel messaggio. Che il capitano diffonda le immagini della donna, è la nostra priorità. Potremmo anche organizzare una perquisizione o un'operazione con una squadra di Mossos, per veder se la troviamo.
"Un'operazione su larga scala?
"Sì.
"È come cercare un ago in un pagliaio.
"Lo so, ma hai una proposta migliore?
La donna non rispose, inviò un messaggio a Gildo e rimase in silenzio, pensierosa.
"A proposito, come sta la tua spalla? "chiese lui.
"Lascia stare. Non ho voluto mettere il collare, ma credo di aver sbagliato. L'analgesico sta finendo il suo effetto e il dolore sta tornando. E tu?
"La spalla fa male a causa dei denti della sega, ma è peggio il dolore dello sfregio sull'asfalto.
"Sei tutto ammaccato: lo sfregio, la sega, e il colpo sul collo. Avresti dovuto rimanere in ospedale.

Álex non rispose e continuò a guardare fuori dal finestrino.
La macchina entrò sulla stessa strada sterrata dalla quale erano fuggiti solo poche ore prima, accanto alla recinzione del complesso industriale. Di giorno appariva diverso, più desolato. La luce del sole mostrava quanto fosse realmente antica quella fabbrica.
Il portone arrugginito era aperto. Sopra di esso, un arco

metallico riportava il nome del luogo in lettere di ferro battuto: *Colonia Albertí*.

Mentre entravano, una gru stava uscendo con la moto di Álex. Una graffiatura sul lato aveva rovinato la carenatura e la lucentezza del mezzo.

La macchina proseguì fino al camino centrale, parcheggiando nelle vicinanze. Di giorno sembrava molto più alto di quanto ricordassero.

Karla guardò il cellulare.

"Wikipedia dice: *«la colonia Albertí è un complesso industriale del secolo scorso. Qui per diverse decadi sono stati prodotti tessuti e accessori finiti per l'abbigliamento. L'emergere dei prodotti cinesi e la globalizzazione sono stati i motivi per cui fu abbandonato alla fine degli anni '80. Questo complesso comprendeva vari edifici, tra cui una chiesa, le abitazioni per le famiglie degli operai, la fabbrica, la centrale elettrica, e molti altri»* "Karla si fermò per osservare ciò che accadeva attorno a lei.

I due ispettori uscirono dalla macchina. Si avviarono verso il luogo dove Néstor aveva cercato di amputare il braccio a Álex. Il terreno era ancora sporco d'olio motore. Álex spiegò a Karla cosa era successo con la moto.

Gli edifici, a due piani, avevano facciate in mattoni, ricoperte di graffiti. Tra i vetri rotti si intravedevano parti del tetto crollate. Il tempo non era stato clemente con quel luogo.

Varcando la porta, Álex provò un brivido. Un mix di paura e desiderio di vendetta sorse improvvisamente dentro di lui. Ricordò i momenti chiave della notte precedente, l'imprudenza di agire da solo e la rabbia dell'incontro faccia a faccia con Néstor.

"Che cosa hai? "chiese Karla avvicinandosi. Sicuramente lo intuiva, ma voleva che fosse lui a dirlo.

"Come mi hai trovato? "chiese Álex.

"Alan ha localizzato il tuo cellulare.

Álex la guardò.

"Se non fosse stato per te... "disse, lasciando la frase incompleta.

Ella alzò le sopracciglia.

"È un grazie?

"Può essere ciò che vuoi "rispose lui con tono brusco, con la stessa dolcezza del sale su una ferita.

Ma la sua risposta non derivava dalla gratitudine. La mente di Álex era più veloce dei suoi sentimenti.

"C'è una cosa che Néstor mi ha detto ieri sera riguardo al libro "disse a Karla.

"Continua.

"Mi ha detto che mi ha lasciato un...

"Álex, di qua! "gridò Mario appena li vide da lontano, interrompendo la conversazione.

Indossava il suo abituale camice bianco della polizia scientifica.

Álex si avvicinò a lui e Karla rimase con la curiosità di ciò che stava per dirle.

"Mettetevi queste "disse Mario mostrando delle buste con camici bianchi e il resto del materiale per l'ispezione.

Álex sospirò, anche se sapeva che non poteva sottrarsi.

Una volta vestiti, si diressero verso la scena del crimine. Il pavimento era segnato da numeri e altri, più piccoli, erano sulla tavola.

"Cosa avete trovato?

"Penso che ci vorrà meno tempo a dirti cosa NON abbiamo trovato "rispose Mario con tono deluso". Impronte, puoi immaginare. Non c'è traccia di DNA o capelli. Questo tizio, come sappiamo, è molto bravo. Da dove avrà imparato?

"Cosa intendi con "è molto bravo"?

"Dai, Álex, è risaputo, non è certo un segreto.

Álex fece una smorfia, come se non sapesse nulla.

"Néstor. Néstor Luna, ovviamente.

Álex non smentì la sua affermazione.

"Continua.

"La verità è che non c'è nemmeno un capello qui "disse guardando la tavola". Ma abbiamo capito cosa voleva fare di te una volta tagliato a pezzi...

"E quindi?

"Metterti in scatole e caricarti su un furgone.

"Non ricordo di aver visto un furgone qui.

"No? Era qui.

"Qui non c'era niente.

"Guarda qui "disse Mario indicando il pavimento". Sono tracce di fango, l'impronta lasciata dai pneumatici corrisponde a quella di un furgone. Sei sicuro che non c'era un furgone qui? Forse non te lo ricordi perché eri sotto l'effetto di qualche droga.

"Quando sono entrato, non ero drogato. È vero che era buio e probabilmente ero sotto shock a causa dell'incidente. Ma ti assicuro che non c'era niente qui "rispose con tono deciso". Quindi la domanda è: perché è tornato nell'edificio?

"E ancora peggio, a prendere cosa?

I tre guardarono intorno.

"È strano, voleva portarmi qui, ma perché? "disse Álex.

«*Maledetto Néstor, perché mi hai portato qui?*».

29

"Non so, non credo sia così importante sapere perché voleva portarti qui "rispose Karla". Probabilmente sapeva che prima o poi ti avremmo trovato, no?

"Come? "rispose Álex.

"Non so, magari attraverso il cellulare "aggiunse Mario.

"O peggio, vi avrebbe inviato un pacco con la mia testa e un criptogramma di questo luogo con il resto dei pezzi.

Álex guardò intorno, osservando da lontano il complesso industriale abbandonato. Smise di guardarlo con gli occhi di un sergente di polizia e cercò di vederlo attraverso gli occhi di Néstor.

"Devo vedere questo posto con gli occhi di Néstor e pensare come lui, non come me "sussurrò, quasi in trance.

"Cosa hai detto? "chiese Karla.

"Ascoltami! Questo è un posto che voleva che trovassimo tra qualche settimana, ma abbiamo anticipato i suoi piani. Se riusciamo a trovare qualcosa, un indizio, un criptogramma, avremo di nuovo un vantaggio. Saremo sempre un passo avanti a quel maledetto bastardo "disse guardando l'orologio". Sono sicuro che ci sia qualcosa qui, dobbiamo solo scoprirla. Ma il tempo stringe.

30

Mario alzò le braccia e incrociò le mani dietro la nuca.

"Dannazione! Perché ho la sensazione che tutto stia appena iniziando?

"Ti sbagli, Mario. Questo non è mai finito! "ribatté Álex.

"Non ti seguo "rispose Mario.

"Aspetta "lo interruppe Álex e poi guardò Karla". Cosa diceva Wikipedia?

"Che la colonia Albertí era una fabbrica, un complesso industriale del secolo…

"No, no, sulla chiesa e il resto.

"Ah, sì. Ecco, qui dice. Questo complesso aveva vari edifici, tra cui una chiesa, le case per le famiglie degli operai, la fabbrica, la centrale elettrica, un supermercato, una mensa…

"Aspetta, c'è una mappa?

"Sì, qui.

"Dobbiamo cercare una stanza particolare. Sono sicuro che in una di esse ci abbia lasciato un messaggio. Esattamente il messaggio che avreste dovuto trovare quando avreste ricevuto il mio corpo a pezzi.

"Álex, dobbiamo andare alla nave "ricordò Karla.

30

Lui la guardò, sapendo nel profondo che aveva ragione.

"Karla, lo so. Ascoltami: diamo un'occhiata veloce e poi andiamo. Va bene? "disse con tono conciliante.

Karla scosse la testa.

"Ci vanno a crocifiggere "commentò, rassegnata.

Il complesso industriale era troppo esteso per solo loro tre, così Álex chiamò altri agenti e suddivisero la zona per aree.

Álex scelse l'area est. Mario e Karla andarono nella direzione opposta.

Il sergente iniziò dalla chiesa. La porta era sfregiata, segnata dal tempo. Tra le crepe si poteva intravedere l'interno.

Tutto sembrava in ordine. Panchine rovinate dal lavoro incessante delle termiti. Un altare spartano in pietra e una vetrata rotta.

A Álex apparve solo uno spazio abbandonato, senza nulla che attirasse la sua attenzione.

Proseguì verso l'edificio accanto, con un solo piano e poche finestre. Qui non riuscì a guardare dentro. Prese un estintore da un veicolo di sicurezza e lo usò come ariete. La porta cedette al secondo colpo. Dentro non c'era nulla; ogni traccia dell'uomo era sparita. La lavagna nera appesa alla parete era l'unico elemento che suggeriva che un tempo era stata una scuola.

Proseguì con l'edificio successivo. Sfondata la porta, entrò. Era il più grande dopo gli edifici della fabbrica.

Iniziò a ispezionare stanza dopo stanza. Ognuna era più tetra della precedente. La luce che filtrava dalle piccole finestre con vetri rotti illuminava la polvere sollevata dai passi del poliziotto.

Oggetti rotti e insignificanti della vita quotidiana erano ammassati negli angoli. Gli unici esseri viventi erano i ragni. Alcune stanze avevano lavandini spartani tipici dell'epoca.

L'ispezione durò parecchi minuti. Quando finì, uscì dall'edificio e incontrò gli altri colleghi.

"Avete trovato qualcosa? "chiese Álex.

Tutti negarono.

"Penso che stai cercando qualcosa che non esiste "disse Karla.

Álex guardò prima il suolo, poi il cielo.

Nella sua mente sfilavano tutti gli indizi e le prove del caso.

«Niente è casuale. Tutto ha un significato. Nella mente distorta dell'assassino tutto ha un senso. Perché qui? Perché ha scelto questo posto per uccidermi? Deve esserci qualcosa.»

"¡Álex, dobbiamo andarcene! "esclamò Karla con decisione, risoluta a non perdere tempo con qualcosa che non riguardava il caso della crociera.

Álex annuì.

"Va bene, ragazzi, lasciamo stare "disse non del tutto convinto". Grazie, tornate a ciò che stavate facendo prima.

"Se troviamo qualcos'altro, ti chiamiamo "disse Mario, allontanandosi con un estintore.

Álex e Karla si avviarono verso l'auto.

Mentre camminavano, Karla iniziò a parlare di ciò che avrebbero dovuto fare appena arrivati a Barcellona, ma Álex non la stava ascoltando.

«Perché qui? Ci deve essere qualcosa». Questo pensiero rimbombava nella testa del poliziotto come un tamburo che preannuncia la morte.

Quando raggiunsero la ciminiera eretta al centro del cortile,

30

Álex si fermò. Il suo sguardo si rivolse al secondo piano di un edificio. La mente gli aveva giocato un altro scherzo: la risposta era lì davanti a lui. Ricordò una frase di Néstor.

Si precipitò verso Mario.

"¡Mario! ¡L'estintore! "gridò avvicinandosi.

Glielo strappò di mano senza che Mario potesse capire cosa stesse succedendo.

Tornò all'ingresso della chiesa, che aveva precedentemente trascurato. La porta, con le sue crepe, non dava motivo di sospetto. Era l'unico edificio in cui non era entrato, per rispetto. Fece il segno della croce e iniziò a sbattere il pesante cilindro rosso contro la porta.

Le frasi di Néstor riecheggiavano nella sua testa, alimentando i suoi sospetti.

«Parrocchia... L'amore infinito del Nostro Signore. Il suo cammino verso l'eternità».

Quando finalmente abbatté la porta, poté entrare.

La chiesa era vuota. Penetrò, rompendo il silenzio cerimoniale che il tempo le aveva conferito.

Non c'erano porte.

Nessuna traccia.

Nulla in vista.

L'ambiente era abbandonato, con panche ammucchiate e rivoltate, ricoperte di polvere. Ma quel mucchio di legno sulla parete non era solo quello. Álex lo capì avvicinandosi. Da lontano sembrava solo un piccolo mucchio di legno. Ma in realtà era una barriera visiva che nascondeva qualcosa.

Si avvicinò e vide qualcosa che non avrebbe dovuto essere lì.

Álex rise.

Davanti a lui c'era una scala di alluminio nuova, brillante, che stonava con i resti del luogo.

Karla e Mario si affacciarono dalla porta.

«*Una scala. Perché una scala, Néstor?*», pensò.

Álex sentì nel corpo l'eccitazione di sentirsi un passo avanti a un serial killer, pronto a sventare il suo piano.

Alzò gli occhi.

«*Dove volevi andare con questa scala, maledetto?*».

Lo sguardo gli cadde sulla vetrata rotonda. Sul muro frontale c'era un ballatoio dove, un tempo, c'era l'organo.

Ora sembrava vuoto.

Afferrò la scala e la posizionò sotto il lucernario aperto.

"Mario, Karla. Tenetemi la scala "disse e i colleghi obbedirono.

Salì lentamente, temendo di vedere cosa c'era, temendo che tutto potesse ricominciare.

Quando si affacciò e ebbe una visione completa dello spazio, capì tutto.

"La risposta è qui: nel soppalco.

Il muro era pieno di foto. Probabilmente delle sue prossime vittime, del suo prossimo piano. E erano ad un passo dallo smantellarlo.

31

La mattina era iniziata in modo strano per il giovane cuoco. Gildo Falcone non sopportava di stare fermo: era un'anima inquieta.

Per questa ragione, quella mattina aveva chiesto al suo capo se poteva essere in cucina ad aiutare. Alla fine, si era ritrovato nella cucina numero tre, occupandosi della colazione.

Gildo iniziò servendo gli ospiti della nave da crociera, cucinando uova nella *"show cooking"*.

Quella mattina si era alzato con particolare fervore ed energia. Sentiva che sarebbe stata una buona giornata, nonostante avessero solo 24 ore per trovare l'assassino a bordo.

A Gildo non servivano i mandala o la meditazione, anche se ci aveva provato molte volte.

Ciò che lo aiutava era cucinare, servire, immergersi nella routine del lavoro. Concentrarsi e non pensare; fluire.

Gli ospiti più mattinieri cominciarono ad entrare e chiedere uova in mille modi diversi.

La gigantesca nave era ancora ormeggiata nel porto di Barcellona, in attesa che la polizia facesse il suo lavoro.

Gildo, come ogni giorno in cui si trovava dietro ai fornelli, indossava un'uniforme impeccabile, i lunghi capelli raccolti in uno chignon degno di un samurai e una bandana bianca con un punto rosso, comprata durante un viaggio in Giappone.

Ma durante il servizio ricevette un messaggio. Non poteva leggerlo finché non avesse rallentato il lavoro.

Era di Karla.

Appena lo vide, chiese a un altro ragazzo di sostituirlo. Si tolse la bandana e spiegò la situazione al suo capo. La priorità era aiutare la polizia. Ordini del capitano.

Attraversò la nave, chiedendosi perché non l'avesse fatto prima.

Chiese il permesso dopo essersi identificato ed entrò nella sala delle telecamere di sicurezza.

"Filomena. Buongiorno," disse Gildo, tendendo la mano.

La donna masticava una gomma da mattina. Guardò la sua mano e non gliela strinse.

"Cosa vuoi, lavapiatti?"

Quella frase colpì Gildo come un coltello da formaggio piantato nel fianco.

Ingoiò saliva e spiegò di quale foto avesse bisogno.

La donna sbuffò.

"Non potevi chiedermelo ieri, dannazione?"

"Penso la stessa cosa, Filomena, ma questi poliziotti sembrano essere un po' disorganizzati. Sai com'è, questi sbirri sono un po'... *Vaccaboia*," disse Gildo cercando di instaurare un rapporto con lei in modo da ottenere ciò di cui aveva bisogno.

Lei lo guardò con un'espressione stranita, senza capire il "lavapiatti".

"Sai, il capitano vuole la massima collaborazione dall'equipaggio. Ecco perché sono qui."

"Siamo messi bene, rimarremo bloccati in questo maledetto porto per una settimana," disse Filomena.

"Perché dici così?" chiese Gildo.

Lei sbuffò di nuovo.

"Se dobbiamo fare affidamento su una polizia che si dimentica delle cose e…" disse Filomena, poi si girò per osservare l'aspetto del giovane, "…e su un aiuto cuoco, siamo persi."

Gildo si sentì ancora peggio, anche se dentro di lui quelle parole ebbero un effetto effervescente, per dimostrare che poteva essere bravo in qualsiasi compito si fosse prefisso.

Trascorsero diversi minuti di silenzio.

"Eccola lì, lavapiatti "disse Filomena, indicando con la testa la foto che si stava stampando". La donna della cabina del morto, quella salita ad Atene.

"Puoi diffonderla…? "cominciò a dire Gildo, ma la donna lo interruppe.

"È già stata inviata. Con chi credi di parlare, ragazzo? "disse la donna con un tono beffardo.

"Grazie, sei un asso "disse con sarcasmo.

"Vai, via, questo non è una cucina, qui abbiamo molto lavoro.

Gildo aggrottò la fronte, prese il foglio e uscì dalla stanza senza dire altro.

Una volta fuori, nel corridoio, guardò la foto.

Si vedeva la donna. Filomena aveva stampato il miglior fotogramma possibile. Indossava un foulard da spiaggia che svelava il bikini. Portava una borsa e una massa di capelli che sembrava bionda. Le sue fattezze mediterranee erano belle e dolci.

"Ora cosa faccio?" si chiese Gildo.

Si diresse verso il ponte, al bar di poppa, di fronte a una

piscina.

Salutò il collega del bar che aveva appena aperto il chiosco. Era di fronte alla piscina. Ordinò un caffè lungo. Lo bevve seduto a un tavolino al sole.

Sullo sfondo c'era il porto e l'hotel W. Un edificio sul mare a forma di vela.

Smise di guardare la foto.

"Una donna sale ad Atene e si infila clandestinamente in una cabina. Questo tizio ha una clinica clandestina. Devono aver avuto rapporti sessuali, dato lo champagne e la valigia di giocattoli. E l'uomo scompare e lo mettono in un forno. Lo carbonizzano e la donna scompare".

Gildo diede un sorso al caffè.

"O meglio, si dissolve nella crociera. Ma dove? Potrebbe essere scesa a Palamós. No, perché il corpo è stato trovato sulla rotta tra Palamós e Barcellona".

Alzò gli occhi. Gli ospiti iniziavano a occupare i lettini intorno alla piscina. Il sole splendente di maggio annunciava una giornata calda.

"Se fossi una donna, e nell'ipotesi che fossi su questa nave, dove mi nasconderei? Perché non potrei stare nella cabina".

La domanda era semplice, ma in essa risiedeva la chiave.

Finì il caffè. Gli scendeva scaldando la gola e fornendo caffeina al suo organismo.

Guardò il collega che lavorava, servendo e riempiendo i frigoriferi con lattine e prodotti da servire freddi.

"Chiaro!".

Il collega era la chiave, e l'aveva avuto davanti senza vederlo.

Si alzò con l'intenzione di trovarla. Aveva un'idea di dove potesse essere, l'unico posto per mimetizzarsi con gli altri. No,

31

meglio: con l'equipaggio.

Andò a cercare la donna misteriosa che era stata inghiottita dalla nave.

32

Il luogo del crimine, prima del crimine.

Il soppalco era la macchina del tempo che avrebbe permesso loro di anticipare Néstor, prima che mettesse in atto il suo secondo piano.

Anche Karla e Mario salirono. Gli altri rimasero giù, per non superare il peso della vecchia struttura.

"Perché vorrebbe continuare a uccidere? "si chiese Karla.

"Un sociopatico non si ferma. Quando qualcuno commette qualcosa di illegale e gli piace, non si ferma, anzi, lo fa con maggiore piacere" disse Álex mentre guardava l'aberrazione di fronte a lui ". Comunque, questa è una domanda che voglio fare a mia sorella. Ma dobbiamo agire rapidamente.

"Questo era il suo covo, dove stava pianificando il prossimo omicidio multiplo" disse Álex, guardando le fotografie sulla parete ". Riconoscete qualcuno?

I due poliziotti negarono.

Numerose foto di giovani coprivano il muro, insieme a annotazioni di Néstor.

"Guardate questo: "*Questo ragazzo è perfetto. Prende l'autobus scolastico ogni giorno. Percorre solo 2 chilometri in una zona rurale"*.

Nella foto c'era un ragazzo con uno zaino che camminava, visto da dietro.

"*"A questa ragazza la lasciano al mattino e rimane da sola per diversi minuti in attesa"* " disse Karla leggendo un post-it.

Una ragazza era seduta sotto una pensilina in un giorno di pioggia.

""*Ho bisogno di un furgone*" dice qui, in questo appunto " lesse Álex.

" Beh, il furgone lo ha già " disse Mario ". Dalle impronte dei pneumatici, lo ha già.

" Maledizione, Karla, questo è il prossimo piano di Néstor e lo abbiamo intercettato! " esclamò Álex, guardando la donna.

" Per questo non ha cercato di uccidermi prima, perché probabilmente saremmo arrivati a chiedere rinforzi e non voleva che trovassero questo.

" E siccome eravamo già fuori ed è probabile che tu avessi già chiesto rinforzi, ha fatto qualcosa di misterioso con la nave e se n'è andato. Pensava di tornare qui per continuare il suo piano. Cioè, chi avrebbe trovato questo posto? È perfetto, non lo avremmo trovato, o almeno così ha pensato " disse Álex.

" Pensava di tornare qui per il piano, e probabilmente tornerà… " aggiunse Mario e gli altri due ispettori si girarono all'unisono ". Perché mi state guardando così? Cosa ho detto?

" Certo, tornerà. Qui ha tutto.

" Dobbiamo sorvegliare questo posto " disse Álex guardando fuori dalla finestra rotonda ". Dobbiamo uscire da qui il prima possibile. Se capisce che siamo entrati, cambierà piano e avremo perso il vantaggio. Potrebbe persino starci guardando da fuori, tra la vegetazione. Aspettando che ce ne andiamo.

"Álex, devo ricordarti che hai sfondato la porta? " disse

Mario con un tono rimproverante.

"Questa è una tua faccenda, amico mio. Cerca un falegname che venga a ripararla " disse Álex. ". Ma prima dobbiamo raccogliere tutte le prove da qui e scoprire chi sono questi ragazzi.

"Álex, dobbiamo andarcene, la nave ci sta aspettando, altrimenti il maggiore Aragonés ti manderà sui Pirenei profondi e poi toccherà a me " disse Karla.

"Aspetta, Karla, solo un altro momento.

"No! " disse la donna con un tono di ultimatum ". Ascoltami. Non ho intenzione di continuare così. Dobbiamo andare. Lascia che Mario si occupi di questa situazione. Qui non possiamo fare nient'altro. Non ti vedi? Stai diventando ossessionato da Néstor. Adesso non è il momento di stare qui " concluse Karla con fermezza, come se fosse lei un grado superiore.

Álex si fermò.

La guardò con perplessità. Il suo cuore voleva continuare a investigare lì. Ma non ebbe il coraggio di dire altro.

"Andate, ora tocca a noi " disse Mario.

In quel momento il telefono di Karla suonò. Dopo aver letto il messaggio, alzò lo sguardo.

"È Gildo " disse ad Álex ". Crede di aver trovato la donna che è salita ad Atene.

33

Gildo aveva un'idea di dove trovare la compagna di Jordi Recasens. Ma passare da un sospetto a trovare effettivamente una persona c´era una grande differenza.

Infilò la carta magnetica nella fessura.
Le porte si aprirono. Attraversò il corridoio, incrociando colleghi vestiti da membri dell'equipaggio.
"Dove mi nasconderei se fossi un passeggero?".
Le risposte potevano essere migliaia, ma se la donna fosse stata intelligente, avrebbe potuto pensare la stessa cosa di Gildo. E se non fosse stata intelligente, la polizia o l'equipaggio l'avrebbero già catturata.
Doveva essere astuta. Probabilmente aveva paura e desiderava solo che la nave ripartisse.
Entrò nelle aree comuni.
Gildo pensò che con seimila cinquecento passeggeri e quasi duemila membri dell'equipaggio, una donna poteva confondersi tra tante persone senza essere riconosciuta.
Entrò nelle aree comuni, le esaminò una per una e non trovò nulla. Nemmeno l'ombra della donna bionda.
Poi si fermò un attimo.

" Allora, se avessi un pareo e un bikini e volessi nascondermi tra l'equipaggio, cosa avrei bisogno? " disse Gildo e si fermò a pensare.

In quel momento passò una collega dell'equipaggio, una cameriera della cucina quattro.

" *Ciao, Catherine* " disse Gildo, con il suo accento italiano.

" *Ciao, bello* " disse lei civetta con accento inglese "*Come stai?*

" Sto investigando.

" Investigando cosa?

" Nulla, è una lunga storia " disse Gildo minimizzando il problema ". E tu cosa fai? Oggi hai il turno di mattina, giusto?

" Sì, da quando hanno chiuso la nostra cucina mi hanno assegnato alla due. Ma mi sono sporcata e il maitre vuole che mi cambi prima dei pasti. Non immagini quanto siano rigidi con la pulizia e l'immagine su questa nave!

A Gildo venne un'idea. Fece un cenno con la testa e si congedò dall'amica, come se avesse dimenticato qualcosa in una padella o su uno dei fornelli.

"Se devo mimetizzarmi, devo vestirmi come loro", pensò lontano dalla ragazza. *"Ok. Ma se non sono della nave, dove posso trovare vestiti? Potrei rubarli, ma è un'opzione quasi impossibile, tutti li abbiamo nelle nostre cabine, nei nostri armadi".*

Camminò verso la parte interna dell'area comune, si fermò e si ricordò della macchia sulla maglietta dell'amica.

"Certo, la macchia! "disse ad alta voce, attirando l'attenzione di altri colleghi che passavano "Nell'area lavanderia della nave.

La cercò sulla mappa del piano appesa al muro per segnalare le uscite di emergenza.

Memorizzò il percorso e si diresse verso la stanza.

In pochi minuti era lì. La porta era un via vai di personale con carrelli pieni di biancheria dell'equipaggio, tovaglie, asciugamani, ecc.

Gildo guardò intorno ed entrò. Non era mai stato in quel luogo remoto della nave.

La prima cosa che lo colpì fu la facilità con cui era entrato e nessuno gli aveva detto nulla. Il personale, con lo sguardo basso, lavorava in silenzio senza preoccuparsi di chi stesse attorno.

I muri erano bianchi e gli ricordavano quelli di una camera frigorifera, anche se preferiva quelli per la temperatura: stare lì era insopportabile.

L'odore era una miscela di umidità e cotone caldo.

Un nastro trasportatore faceva salire palline di asciugamani, facendoli entrare in una enorme macchina per il lavaggio. Più avanti, degli imbuti metallici li sputavano fuori puliti facendoli cadere in carrelli di alluminio.

In un'area c'erano mucchi di uniformi.

Si rese conto di quanto sarebbe stato facile prenderne uno e uscire di lì indossandolo. Poi uscì dalla lavanderia.

"Ok. E ora? Se non sapessi dove andare… Dove andrei? "pensò, guardandosi intorno". Quello che vorrei fare sarebbe scendere da questa nave. Questo significa che, se è successo a Palamós, al prossimo porto voglio scendere. Ma mi stanno cercando, perché hanno ucciso Jordi.

Si avvicinò alla mappa. Intorno a lui c'erano molte stanze, magazzini di prodotti chimici, altri di consumabili, il molo di scarico e i rifiuti.

"Ecco, il molo di scarico! È ben pensato, appena attracca, si aprirà e farà entrare la merce "pensò mentre si avvicinava.

"Diventa come un mercato, con tutto quel trambusto sicuramente nessuno si accorgerebbe che qualcuno sta uscendo. Inoltre, potrei

trovare qualcosa da mangiare".

Entrò al molo.

Appena mise piede nello spazio, una sirena suonò per alcuni secondi.

"Ehi! Chi sei? "disse un uomo con una barba e un fiammifero in bocca.

"Ehh… "esitò Gildo". Sto…

"Stai cosa? "disse scendendo da una scala, con lo stesso entusiasmo di chi fosse il proprietario della nave". Cosa vuoi qui? Qui non puoi stare.

"È che sto cercando una persona.

"A meno che non sia io, qui non c'è nessun altro.

L'uomo aveva superato i cinquant'anni. Avvicinandosi a lui, Gildo sentì un odore di sudore che tradiva la sua scarsa abitudine a fare la doccia.

"Aspetta, guarda questo "disse Gildo mostrando il foglio con la foto della donna che stava cercando". L'hai vista?

L'uomo, vedendola, cambiò espressione.

Fischiò.

"Chi è questa bellezza?

"Lo vorrei sapere anch'io… L'hai vista qui?

L'uomo prese il foglio e si girò.

"Pensi che una donna così verrebbe qui? Qui non c'è nessuno.

"Sei sicuro?

L'uomo del magazzino si voltò, guardandolo male.

"Pensi che io non sappia chi entra o esce dalla mia proprietà? Mi prendi per uno stupido? Inoltre, se l'avessi vista, di sicuro la riconoscerei, una ragazza così fa impressione ovunque vada "disse, voltandogli le spalle, come se volesse tenere la foto.

Gildo, senza aggiungere nulla, gli strappò il foglio di mano e si voltò per uscire.

"Ehi! Non puoi lasciarmela? "disse l'altro con tono amichevole". Non potresti lasciarmi la foto? …In caso venisse.

"Addio e grazie "disse il cuoco.

"Stupido bastardo. Ora ti comporti come un amico?", pensò.

Una volta nel corridoio, aveva solo una stanza rimasta dove poteva essere; l'ultima con un'uscita diretta verso l'esterno: la stanza dei rifiuti.

Qualcosa dentro di lui gli diceva che non poteva essere il posto giusto; una donna così elegante non sarebbe mai andata in un posto del genere, ma la necessità aguzza l'ingegno.

Proprio prima dell'ingresso, su una mensola, c'era una scatola di maschere.

Aprì le due porte e al primo passo capì perché erano lì.

Retrocesse immediatamente, ne prese una e se la mise.

L'odore era intenso e la miscela di odori e puzze diverse rendeva estremamente difficile restare in quella stanza. Era molto improbabile che fosse lì, ma era una mossa che doveva compiere.

Continuò a camminare.

Lo spazio aveva pareti grigie in pannelli. La temperatura era controllata dall'aria condizionata in modo che i rifiuti non generassero troppo odore e non fermentassero.

Gli operatori gettavano i diversi tipi di rifiuti in macchine, a seconda del loro componente principale. Creavano balle e le conservavano per lo sbarco.

Come nella lavanderia, nessuno gli chiese dove stesse andando. Perciò pensò che in quel luogo avesse più possibilità di trovarla rispetto al molo.

Cominciò a esplorare tutti gli angoli, ma non c'era nessuno.

Un altro luogo ispezionato invano; aveva perso diverse ore girando alla ricerca di un fantasma biondo.

Ma mentre stava per andarsene, vide una porta che attirò la sua attenzione.

Sopra di essa c'era una targa che diceva *"stanza degli utensili"*.

All'apertura, notò che dentro non c'era freddo e l'aria era priva di cattivi odori.

Chiuse la porta dietro di sé e accese la luce.

Alla fine degli scaffali c'era uno spazio buio, con oggetti che non riconosceva e sacchi pieni e impilati.

Illuminò l'area con la torcia del cellulare, spostò un mucchio e lì c'era.

La donna che stava cercando. Accovacciata.

Vedendolo, alzò lo sguardo e lo abbagliò con i suoi occhi chiari.

La probabilità di averla trovata era remota, ma ce l'aveva fatta.

Le prese il braccio per trattenerla. Era così spaventata che non oppose resistenza.

Inviò immediatamente un messaggio a Karla, raccontandoglielo. La risposta arrivò subito.

"Gildo, informa il capitano e portala in un luogo sicuro dove possiamo interrogarla. Stiamo arrivando."

Quella donna doveva spiegare loro molte cose.

34

La sala dell'interrogatorio si trovava accanto alla sala di controllo e all'ufficio del capitano.

Karla, non appena vide Gildo, lo congratulò per la scoperta. C'era più probabilità di vincere alla Lotteria che di trovare una persona tra sei mila seicento. Ma nonostante l'ottimo lavoro svolto, Gildo avrebbe dovuto rimanere fuori dalla sala dell'interrogatorio.

Quando i due ispettori cercarono di entrare, un uomo della sicurezza della nave bloccò loro la strada.

"Scusa? "disse sorpreso Álex. "Stai parlando seriamente? Ma sai chi sono io? Sono dei Mossos d'Esquadra.

" Mi dispiace, ho ordini dal capitano che non potete interrogare il passeggero se lui non è presente.

Lo stato d'animo di Álex cambiò con la stessa rapidità con cui si accende la polvere da sparo.

" Che non posso entrare? Ma chi ti credi di essere, amico? " disse, avvicinandosi a due centimetri dal volto del guardiano.

Karla si interpose.

" Sicuramente c'è una spiegazione " disse con tono mediatorio. " Puoi chiamare il capitano?

" Sta conducendo una riunione, finché non verrà lui, non potete entrare.

Álex a malapena trattenne una risata cinica. Lo guardò negli occhi, avvicinandosi così tanto che i loro volti quasi si toccarono.

" Mi dispiace, non posso " disse il guardiano senza nemmeno battere ciglio.

Karla lo allontanò.

" Ascoltami. Se ti arrabbi ed entri lì senza il permesso del capitano, sarai tu a pagarne le conseguenze, non il ragazzo alla porta. Capito?

" Non può fare questo! Vuole che risolviamo il caso, ma non ci permette di progredire.

Karla lo lasciò andare e si diresse verso l'ufficio del capitano.

" Vieni? Dobbiamo parlare con lui.

34

I due ispettori entrarono nella sala di controllo, e Karla chiese alla segretaria.

" Il capitano è in riunione " disse la segretaria, indicando una sedia. " Possono aspettare lì... ma... Dove sta andando?

Álex entrò nell'ufficio del capitano con la furia di un cavallo impazzito.

" Capitano, cosa intende fare con questa donna? Rimuova immediatamente il divieto di interrogarla. È una detenuta della polizia, non sua.

Il capitano lo guardò, interrotto nel mezzo della sua intervista.

" Buongiorno, sergente. Sono lieto che continui con le indagini sugli omicidi.

" Rimuova la persona dalla porta. È un ordine " disse Álex, indicandolo con il dito.

" Oh, ora è lei a comandare, non sapevo che fosse stato nominato capitano della nave.

Álex prese un secondo prima di rispondere.

" La polizia sta gestendo il caso e abbiamo l'obbligo di interrogare i detenuti.

" No " rispose semplicemente il capitano, godendosi il momento e la sua autorità. " Chi ha trovato la donna è il personale della nave. Dove eravate voi quando la mia squadra l'ha trovata? Posso saperlo? Dobbiamo occuparci di tutto e fare molta attenzione.

Karla era rimasta sulla soglia dell'ufficio, osservando la scena.

Álex Cortés cambiò colore, passando dal moreno al rosso ciliegia.

"Capitano, lei ha fatto grandi sforzi per farmi partecipare personalmente a questa indagine. Le concedo cinque secondi per togliere quell'uomo dalla porta "disse Álex con decisione". O altrimenti…

"O altrimenti… Cosa, sergente? "rispose il capitano, sembrando alterato.

Invece di rispondere ad alta voce, Álex sussurrò qualcosa all'orecchio del capitano e la sua espressione cambiò improvvisamente.

In meno di un minuto, l'uomo della sicurezza che presidiava la porta la aprì.

Karla osservava tutto con un'espressione di totale confusione.

"Cosa gli hai detto che ha fatto sì che non partecipasse nemmeno all'interrogatorio? "sussurrò a Álex una volta davanti alla porta aperta.

"Non è semplice, te lo spiegherò dopo "rispose lui, entrando nella stanza.

Si sedettero al tavolo. Álex scorse una cartella che gli aveva consegnato la segretaria. Il nome della passeggera era Vasilisa Vasić. Era ancora più bella di quanto il poliziotto si fosse immaginato. Una bellezza mediterranea. Il colore dei suoi occhi era azzurro, tendente a un verde sbiadito. Bionda, anche se nella foto del passaporto era mora.

"Vasilisa? "disse Álex". Capisce la mia lingua?

La donna annuì. Il mascara le era colato sul viso. I suoi occhi erano gonfi per il pianto. Nonostante l'espressione del suo viso, sembrava una donna robusta. In un angolo della stanza c'era un vassoio con avanzi del cibo che le avevano portato.

Il poliziotto si presentò e lo fece anche Karla. Posarono le loro placche sul tavolo.

"Sapeva che Jordi Recasens è morto? "domandò Álex.

Lei annuì.

"Erano una coppia?

Lei voltò la testa.

"Cosa erano?

" Vasilisa, siamo qui per aiutarti "disse Karla con un tono amichevole, come solo una donna sa fare per tranquillizzare un'altra". Sappiamo che non hai fatto nulla.

"Qual era la tua relazione con Jordi Recasens?

La donna tacque per qualche istante e i poliziotti rispettarono il suo silenzio.

"Mi aveva promesso molto lavoro.

"Come accompagnatrice?

Lei scosse la testa.

"Per cosa?

Le costava tirar fuori la verità.

Alzò gli occhi; stava cercando di trattenere le lacrime.

"Come si dice... Mama...

"Mamá? "chiese lui.

"Mamá di... "disse e non trovava le parole.

Poi lo disse in greco, ma gli ispettori non capirono.

"No, di "renting". Non so come si dica.
"Capisco. Un utero in affitto.
Lei annuì.
"Jordi aveva promesso una vita migliore a Barcellona. Prima come utero in affitto. Poi con le sue ragazze per servizi di lusso. Sesso, compagnia, cose del genere "disse, scuotendo le spalle.
"Vasilisa, sapevi che aveva una clinica clandestina?
Lei annuì.
"Sapevi che molte donne muoiono a causa di ciò?
Annuì, guardando il pavimento.
"Perché? "domandò Karla, oltrepassando la linea professionale e entrando in territorio personale.
Álex la guardò.
"Non avevo un lavoro. Nel mio paese c'è tanta povertà. In Grecia non riesco a trovare un buon lavoro. Jordi era un'opportunità.
"No, Vasilisa, quella non è un'opportunità, è una morte certa.
Lei tornò a scuotere le spalle.
"Comunque, ascoltami. Dobbiamo sapere se in qualche momento Jordi ti ha parlato di qualcuno che volesse fargli del male, qualcuno che volesse ucciderlo, qualcuno di cui avesse paura.
"Non lo so.
"Vasilisa, è molto importante. Non sappiamo chi potrebbe essere stato, sei l'unica persona che può aiutarci, per favore, dicci qualsiasi cosa, pensaci, per favore.
La donna greca fece uno sforzo per pensare.
Dopo un po', scosse la testa.
"Va bene, vediamo "disse Álex, cambiando argomento nell'intervista". Chi ha mandato un messaggio a Jordi prima che

partisse, mentre facevate colazione?

"Non lo so. Non mi ha detto chi fosse, non avevamo confidenza.

"Ma sicuramente ti ha detto: aspettami qui, verrò da te in cabina. Come è andata?

"No, lui ha ricevuto un messaggio, si è alzato e ha detto "aspettami qui". Io ho aspettato finché il cameriere non mi ha detto di andarmene. Capisci?

Karla annuì, poi guardò il suo collega.

Álex si appoggiò allo schienale della sedia.

Aspettarono in silenzio.

Poi, improvvisamente, Vasilisa alzò un dito.

"Mi ricordo "disse sorpresa". Ha menzionato qualcosa riguardo a un socio in una videochiamata.

"Un socio bastardo? "chiese Karla.

"Esatto "confermò Vasilisa.

"Davvero?

"Socio di cosa?

"Non lo so.

Ci fu silenzio.

"Quando ho parlato con Beatriz Portos, la trafficante, in nessun momento ha menzionato la possibilità che fosse il socio, lo ha escluso "disse Álex sottovoce all'orecchio di Karla in modo che la persona interrogata non potesse sentirlo.

"Sì, ma questa donna se lo ricorda.

"Perché dici questo, Vasilisa? Perché socio?

"Era molto arrabbiato con lui, durante la videochiamata "disse, facendo un gesto come se stesse sparando a qualcuno". Un socio cattivo. E alla fine ha fatto questo gesto. "Si mise un dito alla tempia e fece finta di premere il grilletto.

Álex aggrottò le sopracciglia.

"Non mi convince molto "disse a Karla". Se ne è così sicura, perché non l'ha detto fin dall'inizio?

"A volte è difficile ricordare qualcosa, specialmente in un momento così stressante come un interrogatorio.

"Ti ricordi il nome del socio? "domandò Karla.

La greca ci pensò.

"Joan, Josep, Jordi, non ricordo.

Ad Álex la risposta non lo soddisfece completamente.

"Cosa ricordi ancora della conversazione? "domandò allora alla donna.

"Niente, nient'altro.

"Hai una casa a Barcellona?

"No, io a casa con Jordi.

Karla annuì.

"Dobbiamo informare i servizi sociali "disse Karla.

"Vuoi dirci qualcos'altro? "domandò Álex.

Lei scosse la testa.

Álex la osservò attentamente mentre Karla si alzava.

Uscirono dalla stanza, e del capitano non c'era più traccia.

Gildo era fuori, seduto ad aspettare che uscissero. Gli investigatori gli dissero che lo avviserebbero quando avrebbero avuto bisogno di lui.

Scesero con l'ascensore, attraversarono la passerella e salirono in macchina.

Appena Karla mise in moto la macchina, Álex chiamò l'esperto informatico.

"Alan, ho bisogno che tu acceda al telefono di Jordi Recasens. Cerca qualsiasi traccia di soci che abbiano nomi simili a Jordi, Josep o Joan. E cerca messaggi vari. Ma soprattutto, guarda se ci sono state videochiamate negli ultimi sette giorni "disse il poliziotto.

34

"Aspetta, dammi un attimo "rispose Alan.

Dall'altra parte, sulla scrivania dell'agente scientifico, si sentivano rumori di dispositivi e tasti premuti.

"Sei ancora lì, Alan? "chiese Álex dopo un po'.

"Sì, sì, sono dentro al telefono di Recasens.

Álex rimase sorpreso.

"Confermato.

"Cosa?

"Cinque giorni fa ha avuto una videochiamata con un certo Joan García "disse e si interruppe". Aspetta che verifichi. Nella sua agenda è registrato come "Joan socio clinica".

"Va bene, cerca dove vive questo tizio.

"Non sarà facile.

"Ecco perché lo sto chiedendo a te, altrimenti lo farei io.

Poi chiusero e Álex si voltò verso Karla.

"Vasilisa aveva ragione, Recasens ha avuto una videochiamata con un tale Joan socio. Abbiamo già l'indirizzo, penso che faremo una bella visita a questo soggetto.

35

Le forze speciali stavano cercando il socio di Recasens. Le informazioni della polizia non erano affidabili. La Polizia Stradale aveva un indirizzo diverso dal Servizio Sanitario Nazionale. Non potevano permettersi di perdere tempo; era il pomeriggio dello stesso giorno in cui la nave aveva dato alla polizia l'ultimatum per trovare l'assassino.

Álex si rinfrescava il viso con l'aria che entrava dal finestrino, cercando di far fluire le idee. Non riusciva a capire se la donna stesse dicendo la verità o cercando di deviare l'attenzione. Ma cosa guadagnava Vasilisa con questo? Avevano conferma che il socio aveva parlato con la vittima. Ma c'era una grande differenza tra litigare con qualcuno e cercare di ucciderlo.

Le auto della polizia si dirigevano verso il possibile domicilio del socio. Avevano ottenuto l'indirizzo da un informatore della narcotici. L'uomo aveva un lungo precedente penale, più lungo della Gran Via di Barcellona. Avrebbero avuto solo un'opportunità per prenderlo, e il tempo stringeva.

L'informatore aveva indicato che ogni giovedì si incontrava

con una prostituta in un motel nella zona di Hospitalet. Gli incontri finivano spesso in un mix di sesso e droga. Gli agenti indossarono i giubbotti antiproiettile. Di solito, l'incontro avveniva alle quattro e durava due ore.

L'orologio sul cruscotto della pattuglia segnava le sei e mezza. Tutto dipendeva dalla fortuna e tra pochi minuti avrebbero scoperto quale carta avrebbero giocato.

"Siamo in ritardo "disse Karla, guardandolo con la coda dell'occhio.

"Per la giustizia non è mai troppo tardi "confermò Álex. "L'unica opzione che abbiamo è continuare e sperare.

"Cosa farai senza i GEI? "Chiese Karla.

"È un problema "rispose, senza smettere di guardare fuori dal finestrino del veicolo in movimento. "Ma dobbiamo catturarlo, in ogni caso.

Parcheggiarono davanti senza sirene e senza fare troppo rumore. Gli agenti si dispersero nella hall. L'uomo dietro al bancone indicò loro a quale camera dirigersi. Si divisero. Un agente controllava l'ingresso, un altro la porta posteriore. Nel frattempo, Karla, Álex e un altro poliziotto salirono le scale fino al sesto piano. La porta era la sesta sulla destra. "*Camera 666*", pensò Álex. "La stanza del diavolo "sussurrò. Si posizionarono davanti alla porta. Álex davanti, Karla e l'altro agente ai lati. Avevano una vecchia foto del sospetto negli archivi. Sapevano che di solito usava quella stanza, ma non erano sicuri di come potesse apparire attualmente. E inoltre, poteva averli sentiti arrivare. Sarebbe stata una situazione pulita? Si sarebbe fatto prendere o avrebbe causato problemi? "Polizia, aprite la porta! "gridò Álex. All'interno si sentirono rumori. Álex annuì con la testa, guardando Karla. Prese tutta l'energia possibile e diede un calcio alla porta. Appena la porta si aprì, l'ospite aprì il fuoco. Prima che potessero prepararsi, il primo proiettile aveva già colpito il sergente. La velocità del colpo lo lanciò a mezzo metro indietro. "Álex? "gridò Karla.

Poi lo prese per la cintura e lo trascinò attraverso la porta.

"Cosa diavolo volete? "gridava l'uomo dalla stanza". Entrate e prendetemi!

I colpi trapassavano il muro di fronte alla porta 666 del motel.

Gli altri ospiti sporgevano la testa dalle porte, mentre il terzo poliziotto ordinava loro di rientrare.

"Respira, Álex. Respira "gli disse Karla.

Il proiettile aveva colpito lo sterno. Per fortuna, il giubbotto antiproiettile gli aveva salvato la vita. Tuttavia, Álex si contorceva per il dolore.

"Forza, Álex, respira, non è nulla "lo rassicurava lei.

"Maledetto bastardo! "gridò con le braccia sul petto.

L'uomo continuava a sparare raffiche che sembravano provenire da un mitra semiautomatico. Il sergente stava ancora riprendendo fiato quando i colpi si fermarono.

"Maledizione, queste armi! "si sentì dire dall'interno della stanza.

Álex guardò il volto della collega.

"Ha finito le munizioni "disse.

Prima che potesse alzarsi, l'uomo ricominciò a sparare di nuovo.

"Venite, dannati cani! Catturatemi se potete "gridava dall'interno.

Álex, ancora dolorante, cominciò a considerare tutte le opzioni finché riuscì a formulare un piano. Lo spiegò a Karla e poi corse giù per le scale, pronto a tentare la sua idea, per quanto fosse folle.

"Joan, sei circondato, non puoi uscire. Non puoi scappare "gridò la donna. Come risposta, ricevettero un'altra raffica di colpi.

"Prima morto che arreso! "gridò il criminale.

"L'edificio è circondato. Non puoi uscire. È meglio che esci con le buone.

"Non tornerò mai in prigione, nemmeno per sogno. "Sparò di nuovo e continuò ". Perché non entri tu, poliziotto? Ti farò un regalo.

Karla aveva il cellulare in mano, in attesa del segnale.

"No, è meglio che esci tu, altrimenti il regalo lo faremo noi "disse lei.

"Che cosa volete, maledetti?

"Solo parlare, Joan, solo parlare. Perché vuoi complicare tutto?

"Non parlo con voi, bastardi "disse, premendo nuovamente il grilletto.

L'arma automatica sparò nuovamente contro il muro. Schegge di legno saltarono come pioggia in uno stagno.

"Esci, nessuno deve rimanere ferito "ripeté Karla, con il cellulare in mano.

L'uomo smise di sparare. Durante il momento di silenzio, si sentiva il respiro pesante dell'uomo. Ansimava rumorosamente.

"Esci da lì, Joan… "disse e si interruppe a causa di una vibrazione, era il suo cellulare.

"*Ora*", diceva il messaggio.

Appena lo vide, fece un segno all'altro poliziotto. Quest'ultimo tolse il perno e lanciò una granata stordente al centro della stanza del motel. Dopo un paio di secondi, l'esplosivo scoppiò con una deflagrazione luminosa che accecò il criminale e lo rese temporaneamente sordo.

Joan si chinò e si coprì le orecchie, ma era troppo tardi.

Fuori dalla finestra, appeso a una scala antincendio, Álex aveva aspettato l'esplosione. Quando l'udì, ruppe il vetro con la base della pistola e si affacciò. Tra la nebbia poté vedere il socio, caduto a terra. Prima puntò al petto, ma vide che non aveva il giubbotto antiproiettile. Sarebbe stato molto facile ripagare il favore e spargli, proprio come aveva fatto quel figlio di un cane. Ma era lì per fare giustizia, non ciò che gli sarebbe piaciuto fare. Tuttavia, il tempo scorreva e doveva fare qualcosa. Puntò e sparò.

Karla sentì un solo colpo di pistola, seguito da urla, e affacciò la testa.

Joan giaceva a terra con un colpo alla gamba. Álex era dall'altro lato della finestra rotta e, non appena vide comparire Karla, sparì nuovamente per

la scala antincendio, lasciando Joan nelle mani della collega. Iniziava la seconda parte del piano.

36

Álex guardò Karla. Si trovavano di nuovo davanti alla porta 666, in attesa dell'ambulanza.

"Quando arriva l´ambulanza? "chiese lui.

"È in arrivo "rispose lei". Non dovrebbero tardare.

"Bene, iniziamo lo spettacolo.

Álex fece un passo per entrare nella stanza, ma Karla gli afferrò il braccio.

"Sei sicuro?

"Hai qualche idea migliore?

Lei rimase in silenzio.

L'agente che li accompagnava sembrava non capire nulla.

"Forza, il tempo stringe "ribatté Álex ed entrò.

"Ehi, ehi. Chi abbiamo qui? "disse con calma Álex". Come stai, Joan?

Il criminale si trovava sul letto, contorcendosi per il dolore.

"Maledetto poliziotto. Te la farò pagare.

"Mettiti in fila, non sei né il primo né l'ultimo "disse e si sedette accanto all'uomo.

Poi prese la cintura e gliela mise sulla gamba ferita, che stava sanguinando, senza stringerla.

"Sai, Joan, è un peccato che ci siamo dovuti incontrare in

queste circostanze. Avremmo potuto avere conversazioni molto più civili.

"Che ti fottano "disse l'uomo ferito". Voglio un medico.

"Non chiameremo nessun medico, Joan. Beh, se ci dici quello che ci serve, forse sì. Ma non prima "disse Álex e poi si voltò verso Karla". Vero, collega?

"Sergente, penso che dovresti chiamare un'ambulanza, sta perdendo molto sangue "disse lei.

"Macché, sono quattro gocce "disse Álex, sottovalutando la situazione". Non è così grave, vero Joan?

"Dove sono i miei diritti? "gridò, urlando per il dolore.

"Diritti? Mi stai parlando di diritti? Tu? "ribatté Álex, con tono confuso". Non ci posso credere. Questo è davvero divertente. E i diritti delle povere donne che muoiono nella vostra clinica clandestina? Quei diritti tu e il tuo socio ve li siete proprio scordati.

Poi, mentre stringeva la cintura alla base della gamba per fermare l'emorragia, chiese:

"Perché hai ucciso Jordi Recasens? Posso saperlo? Chi hai mandato per ucciderlo?

L'uomo emise un grido di dolore che risuonò lungo il corridoio del motel.

La forza con cui aveva applicato il laccio emostatico improvvisato aveva fermato il flusso di sangue.

"Non sono stato io "disse, piangendo di dolore". Non sono stato io.

"Perché dovrei crederti?

"Dannazione, gliel'ho detto che qualcuno voleva ucciderlo "disse, contorcendosi dal dolore, anche se la sua vita non era in pericolo". Gli ho detto che volevano la sua pelle.

36

"E perché non l'hai detto alla polizia?

Il dolore stava diminuendo e si sistemò contro il poggiatesta del letto.

"Non mi avete ascoltato, non credo lo avreste fatto questa volta. Per favore, chiamate un medico.

"Non finché non dici perché l'hai ucciso.

"Io non l'ho ucciso!

"Non ti credo.

"Devi credermi. Gli ho telefonato qualche giorno fa, ho passato un'ora cercando di spiegargli che qualcuno voleva ucciderlo e che doveva andarsene per un po'.

"Come lo sapevi?

"Non posso dirtelo.

Álex guardò l'orologio; aveva poco tempo. Presto sarebbe arrivata l'ambulanza e da quel momento in poi chissà quando avrebbero potuto interrogarlo di nuovo. Doveva accelerare il processo.

"Joan, ho bisogno del tuo aiuto. Anche se mi hai sparato, non lo terrò in conto. Ma ho bisogno che tu mi dica chi è stato. Ho bisogno di risposte o la tua situazione peggiorerà molto, molto.

"Chiamate un medico, non voglio morire. Fa troppo male "disse, quindi indicando il suo zaino continuò". Datemi un po' di cocaina, almeno il dolore se ne andrà.

Álex si girò verso l'indicazione.

Si alzò.

"Qui?

Il criminale annuì.

"Nella tasca piccola.

Álex trovò una busta con una polvere bianca.

"Caspita, è tuo questo? Ce n'è abbastanza per un intera nave.

Joan annuì, più tranquillo, come se la sostanza fosse già nel suo organismo e stesse sentendone gli effetti.

Álex andò verso Joan, ma lo superò. Entrò in bagno.

"No, no! Dove stai andando, dannato poliziotto? Quella è roba mia.

Álex appoggiò la busta sullo scaffale e subito tirò lo sciacquone.

"No, maledetto bastardo!

Quando tornò, il criminale gridò di rabbia con le poche forze che gli rimanevano. La rabbia si era trasformata in odio.

"Niente cocaina. Come hai saputo che volevano uccidere il tuo socio Jordi Recasens?

L'altro non disse niente. Lo guardava solo mordendosi il labbro.

Karla era ancora al lato del letto, puntando la pistola all'uomo.

L'altro poliziotto, davanti alla porta e guardando fuori, presidiava l'ingresso.

Davanti all'assenza di risposta di Joan e al tempo che scadeva, Álex si vide costretto a superare il limite che il decalogo della polizia gli permetteva.

"Joan, non ho tempo. Chi? "chiedeva ancora una volta, appoggiando la mano sulla gamba di Joan.

Quest'ultimo non rispose.

Allora Álex strinse la gamba proprio nel punto della ferita. Iniziò a stringere gradualmente.

Joan cominciò a urlare, finché il dolore fu più forte delle conseguenze di dire ciò che sapeva.

"Va bene, va bene, te lo dirò!

Subito dopo, Álex lo lasciò.

"E allora?

"Un tizio del porto. Un uomo stava cercando da tempo qualcuno che uccidesse Jordi. Era una questione di vendetta. Giuro sulla mia mamma che non so chi fosse. Quello che posso dirti è che l'uomo voleva vendicare qualcuno della sua famiglia.

"Chi? "disse Álex aggrottando la fronte.

"Non lo so, te lo giuro "disse implorando.

"Cos'altro sai? "insisteva Álex.

Il socio sospirò.

"Come fai a non saperlo? Cosa sai ancora?

"Credo che si dicesse che una donna era morta nella clinica. Un'operazione era andata male e non volevano chiamare la polizia. Non volevano che si sapesse che erano andati in una clinica clandestina. Credo che fosse un padre, si diceva che fosse un padre che voleva vendicare sua figlia.

Álex guardò il volto del collega. Lei annuì, come a dire "basta così".

"Come faccio a trovare questo tizio? Come si chiama l'uomo del porto?

"Non lo so, non saprei dirtelo. Non so come si chiama quel tizio, ma non ne hai bisogno "disse Joan inghiottendo la saliva dal dolore". So che Jordi aveva un dossier nella clinica, sicuramente troverai qualcosa lì. Sicuro che lo trovi lì. Sicuro.

Joan sospirò e quasi esausto aggiunse:

"Per favore, sbirro, chiama subito un medico.

Álex guardò Karla e le disse:

"Ok, va bene, chiamiamo un'ambulanza.

In quel momento, attraverso la finestra rotta, si udì il suono delle sirene.

"Maledetto bastardo, mi hai ingannato!

"Non lamentarti, Joan. Alla fine è lo stesso, abbiamo

guadagnato mezz'ora. Eccolo qui "disse Álex e poi lo afferrò per il colletto.

Lo sollevò di un palmo dal letto. La sua costituzione magra contrastava con i bicipiti di Álex, allenati in palestra.

Joan puzzava di alcol e nelle sue pupille si potevano scorgere tracce di una vita dissoluta.

"Se non mi hai detto tutto o mi hai preso in giro, te ne pentirai, maledetto assassino di donne.

Subito dopo lo lasciò cadere sul letto.

"Questo me lo porto "disse Álex prendendo il cellulare del complice.

Poi guardò la sua collega e concluse:

"Andiamocene.

L'altro agente rimase con il criminale mentre i detective si affrettavano verso la clinica.

Proprio quando la macchina dei detective partì, Álex ebbe un'idea.

"Karla, fermiamoci alla stazione di polizia, ci va di passaggio.

"Perché? Abbiamo così tanta fretta e dobbiamo fermarci ora?

"Voglio che Alan esamini questo cellulare di Joan. Ho bisogno di sapere se ci ha detto la verità e, tra l'altro, ho un crittogramma di Néstor da far risolvere.

"Un crittogramma? Un altro?

Álex guardò l'orologio.

"Accendi, siamo in ritardo, ti spiegherò per strada.

Non appena partì, attivò la piccola sirena blu che aveva a disposizione nella plancia del veicolo sotto copertura.

"Non è stato corretto ciò che hai fatto, non è nel nostro protocollo "lo rimproverò lei.

36

"Questo non vale nella vita reale. Il protocollo non fermerà un proiettile solo perché è stato seguito. Le regole non servono con chi vive in una società parallela, dove l'unica regola è quella del più forte.

37

Quando i due agenti entrarono nella sua caverna, Alan non tolse nemmeno gli occhi dal monitor. Ma sia Álex che Karla sapevano che l'esperto informatico forense non permetteva mai agli eventi di alterarlo.

"Alan, ho bisogno di un favore "disse Álex, ansimando per la corsa su per le scale.

"Buonasera. Stavo per andarmene "disse Alan con calma". Se avete bisogno di qualcosa urgente, annotatelo su un foglio e domani cercherò di farlo.

Álex guardò Karla, aggrottando le sopracciglia.

"Alan, ho bisogno del tuo aiuto.

Lui non disse niente.

"Ascoltami, ho bisogno che tu guardi questo cellulare, se contiene conversazioni di qualche tipo nel porto di Barcellona, dove è stato, non so, quante informazioni possibile.

"Bene. Domani te lo guarderò "disse digitando sulla tastiera.

"No, non mi sono spiegato bene. Ne ho bisogno ora.

"Ora non ci sono, anche se mi stai vedendo, è come se fossi fuori dall'ufficio "disse lentamente". Per questo ti ho detto di annotarlo su un foglio. Guarda: hai una penna e della carta lì "disse allungando il collo.

"Alan, ne ho bisogno ora.

"Tra ventitre minuti inizia Casablanca al cinema, rimasterizzata. Vado con la mia nuova amica.

Álex si girò verso Karla e le fece l'occhiolino.

"Che peccato "disse Álex, guardando Karla e facendo segno di uscire dalla porta". Avevo ottenuto dei biglietti per i "*Pinky Trinky*" nella zona vip e stavo pensando di regalarteli.

"Come? "disse alzandosi lentamente dalla sedia". Li sto cercando da mesi, sono i preferiti della mia ragazza.

"È un peccato, perché erano per te "disse Álex, scrollando le spalle.

La situazione cambiò drasticamente.

Álex gli spiegò nuovamente di cosa aveva bisogno.

"Cosa pensi di trovare in questo cellulare?

"Non lo so, ma ogni dettaglio sarà utile "disse Álex.

Poi gli raccontò la storia di Jordi e del suo complice Joan.

"Abbiamo bisogno di sapere chi era l'informatore e chi potrebbe essere l'uomo che cercava vendetta.

"Mi ci vorrà tutta la notte.

"Sai quanto sia difficile trovare i biglietti?

Alan sbuffò.

"C'è altro.

"Altro?

"Un indovinello di Néstor.

Alan fece una faccia che faceva fatica a credere alle parole che stava ascoltando.

"Guarda "disse Álex mentre estraeva il libro.

Prese *Il Diario di un Assassino Suicida* e lo aprì alla pagina 15.

Lesse rapidamente la prima frase e sottolineò la seguente:

«*Ho la forma di una scatola e sono pieno di cose, ma non sono né una scatola, né una casa, né un negozio. Sono scuro e polveroso. Conservo i tuoi ricordi, ma non faccio nulla con essi. Raramente mi visiti.»*

"…Aggiungo io, alla fine di questo paragrafo in corsivo, *Che cosa sono?* "concluse Álex". Devi risolverlo. Dobbiamo capire cosa intendeva dirci con questo indovinello.

Alan prese il libro e si grattò la testa. L'espressione dei suoi occhi tradiva un interesse completo.

"Non mi ricordavo di questo paragrafo.

"Certo, se lo leggi velocemente non te ne accorgi.

Gli ingranaggi di Alan avevano iniziato a girare a pieno regime.

Álex, se si concentrava, poteva quasi sentirli girare.

"Alan, no. Prima il cellulare di Joan, per favore.

Il ragazzo fece un gesto verso l'uscita.

"Vai. Ti dirò qualcosa "disse Alan, già immerso nelle sue ricerche.

38

Il tramonto si avvicinava. Con esso si sarebbero aperte le porte della nave da crociera e sarebbe stato libero l'assassino di Jordi Recasens e il sicario.

Álex aveva una strana sensazione: l'orologio lo sollecitava a trovare l'assassino sulla nave da crociera, ma nel frattempo lui lo stava cercando al di fuori di essa.

Il socio non era stata la pista giusta; tutto faceva pensare che l'uomo non avesse ucciso Recasens, anche se un'altra stagione in prigione non gli sarebbe andata male.

Il traffico a Barcellona era impossibile. Nonostante la sirena, la congestione non cedeva di fronte all'autorità.

Álex Cortés guardava continuamente l'orologio.

La clinica clandestina.

Erano tornati a quel punto. L'intuizione dell'ispettore e le rivelazioni di Jordi potevano essere un buon indizio da seguire, anche se Álex cominciava a dubitare di poter trovare le risposte al di fuori della nave.

Parcheggiarono di fronte alla clinica.

Quando arrivarono con la sirena accesa, il quartiere si fermò per vedere cosa stava succedendo.

Gli agenti rimossero i sigilli e entrarono nell'edificio infame.

Il cattivo odore era ancora presente, insieme alla disperazione che impregnava la moquette verde delle pareti.

"Dobbiamo cercare l'archivio della clinica "disse Karla.

"Io comincio dalla sala operatoria "rispose Álex". Tu guarda nelle stanze sul retro.

Karla appoggiò il suo computer su un tavolo in caso ne avesse bisogno in seguito, e iniziarono a cercare i documenti.

Álex entrò nella stanza che era stata la sala operatoria. Le luci lampeggiarono molte volte, quasi come se avessero vergogna di mostrare quell'ambiente.

Il poliziotto trovò solo attrezzi chirurgici. L'inconfondibile odore di ruggine del sangue aleggiava nell'aria. I segni e i numeri della polizia scientifica erano ancora sul pavimento.

Nel frattempo, Karla stava esplorando le precarie stanze per il recupero delle donne dopo l'operazione. Non c'erano cartelle o archivi.

"Karla, vieni qui "disse Álex dall'ingresso principale.

Lei si avvicinò.

"Guarda dove sono "disse Álex sulla soglia della porta.

"Beh, che comodo, i documenti delle operazioni in uno scaffale nella stanza delle pulizie.

"Se a questo si può dare il nome di pulizia…

La stanza era pessima, con scope e stracci usurati e macchie di sangue.

Gli scaffali erano coperti di polvere.

Presero i raccoglitori e li appoggiarono sul tavolo accanto al computer.

"Cominciamo a verificare le operazioni più recenti e procediamo all'indietro "disse Álex.

"Guarda, ho già una colonna di Excel con tutti i passeggeri della nave da crociera e nell'altra colonna possiamo aggiungere le operazioni della clinica.

"Vediamo se troviamo una corrispondenza. Se Joan ha ragione, il cognome del padre di una donna morta in questa clinica deve essere sulla nave da crociera.

"Dai, comincia a dettare "confermò Karla.

Álex iniziò con le operazioni più recenti. Sembravano solo nomi di donne, ma dietro ognuno di essi c'era una storia. La maggior parte di esse erano di disperazione, urgenza, povertà, solitudine. Ogni nome racchiudeva una paura e un desiderio. Le pagine scorrevano leggere tra gli anelli. Erano tutte storie, ma nessuna svelava la fine. Dovevano immaginare come fosse finita ognuna di esse.

La colonna si stava riempiendo. Ogni volta che finivano un raccoglitore, Karla premeva un pulsante per verificare se c'era una corrispondenza.

"Nulla, Álex, questo è inutile. Joan ci ha mandato in un vicolo cieco.

"Non può essere, dobbiamo continuare.

Karla sospirò.

Compilarono la tabella con tutti i nomi presenti nei raccoglitori che si trovavano nella stanza delle pulizie.

Disse l'ultimo nome.

"Adesso? "chiese Álex.

"Niente.

"Non può essere.

"La macchina non sbaglia, Álex.

Álex pensò che potesse essersi confuso con il cognome, ma

non avevano più tempo per controllare uno per uno.

"Maledizione! "gridò, colpendo il tavolo con un pugno.

Il gesto spaventò la donna.

"Sai che mi infastidisce e continui a farlo.

La stanchezza e i nervi erano una cattiva combinazione per Álex. Lo erano sempre stati.

"Non può essere "disse guardando l'orologio". Abbiamo perso due ore in questo dannato posto.

"Álex, rilassiamoci! "disse Karla con voce dura". Non le abbiamo perse, abbiamo solo verificato una strada, e abbiamo verificato che non è quella giusta.

"Già. Ma cosa facciamo ora? Chi diavolo ha ucciso Jordi Recasens? Alle 22:00 il maledetto capitano lascerà andare tutti. E sai cosa succederà? "chiese a Karla senza aspettarsi una risposta". Aragonés mi chiamerà e mi dirà che sono un idiota e un incompetente.

"Beh, aspetta, calmiamoci "disse Karla cercando di allontanarsi dalla negatività del collega". Che cosa abbiamo appena fatto? Abbiamo verificato l'elenco dei passeggeri con le donne della clinica. E se ha cambiato nome entrando in clinica? Non lo so, ha dato un nome falso, potrebbe anche essere.

"Se è così, non lo sapremo mai.

"Già "rispose Karla". E se è qualcuno dell'equipaggio? Potrebbe essere qualcuno del personale della nave.

Álex si grattò la testa.

"Hai l'elenco?

"Credo che ci sia stato consegnato dal capitano.

Karla ripeté lo stesso processo, cercando somiglianze tra i nomi delle donne e quelli dell'equipaggio.

L'aspettativa e l'entusiasmo di trovarlo tornarono a crescere. Mentre la donna allineava gli elenchi, l'aspettativa cresceva tra i due.

La donna premé il tasto "Invio" e apparve il risultato.

"Niente.

"Neppure lì.

"Non può essere... stiamo perdendo tempo.

"Aspetta "disse Álex, allargando le braccia". Sappiamo che l'assassino è sulla nave, vero?

Karla lo guardò delusa.

"Certo.

"Bene. Ma il socio ci ha detto qualcosa di interessante. Ci ha detto che, nel porto, c'era qualcuno che cercava un sicario per eliminare Jordi. Questo combacia con quello che mi ha detto Beatriz Portos: che lo stavano cercando per vendetta.

"Non ti seguo.

"Vedrai. Entrambi concordano sul fatto che cercavano qualcuno da qui. Giusto?

Karla si scrollò le spalle.

"Questo significa che l'uomo è anche di qui "disse Álex mentre si alzava di nuovo e cominciava a camminare in cerchio". Voglio dire, se fosse di Roma o di un'altra città toccata dalla crociera e l'assassino fosse partito da lì, non avremmo avuto alcuna informazione. Avremmo solo saputo che c'era qualcuno che ha ucciso Jordi Recasens, non che c'era qualcuno che voleva ucciderlo. Capisci cosa intendo?

"Non molto. Dove vuoi arrivare?

Álex continuava a camminare intorno al tavolo.

"E mi stai confondendo.

"Voglio dire che l'assassino è di Barcellona. E voglio dire che scenderà da questa maledetta nave e lo perderemo.

"Immagino di sì.

"Guarda, il suo piano è di non fare nulla, perché scenderà e scomparirà dalla vista.

"E quindi, cosa proponi?

"Che forziamo la situazione.

"Conosco questo sguardo "disse Karla", e non mi piace. Ma immagino che tu abbia un piano.

Álex fece schioccare la lingua.

"Dobbiamo parlare con il capitano "confermò Álex". Non so se andrà bene o male, ma almeno proveremo tutto il possibile. Andiamo sulla nave, qui non abbiamo più niente da fare. Inizia l'operazione cavatappi al contrario.

"Come? Cosa stai dicendo, Álex?

"Non sei mai stata nei Boy Scouts?

"No. Che c'entra?

Alex rise mentre chiudeva la porta della clinica.

"Quando volevamo aprire una bottiglia di vino e non avevamo l'attrezzo, facevamo il cavatappi al contrario. Vedi, di solito si tira fuori il tappo dalla bottiglia. Non avendo l'attrezzo, lo spingevamo all'interno.

"Devo considerarti un esperto degli Scout per questo trucco?

"No, figurati. Solo un principiante.

"Hai fatto molte cose a Tarragona quando eri giovane.

"Più di quanto pensi "concluse alzando le sopracciglia.

Entrarono entrambi nella macchina di pattuglia e Karla la avviò. Accese la sirena e concluse:

"Davvero pensi che funzionerà?

Alex alzò le spalle.

"Stiamo cercando di spingere l'assassino a tradirsi da solo.

39

Una goccia scivolò sulla fronte del capitano.
Non riusciva a credere a ciò che stava sentendo.
La scena sembrava tratta da una serie TV americana degli anni ottanta: il comandante della nave da un lato della scrivania e dall'altro i due detective.
"Non ha altre opzioni, capitano "disse Álex, godendo del momento.
Stava suggerendo che quella fosse l'unica soluzione possibile, ma al contempo, aveva appena fatto una mossa a scacchi e aveva il capitano esattamente dove voleva, in scacco matto.
"Quello che le abbiamo proposto o… sa già "rispose Álex Cortés, mettendo ulteriore pressione sul capitano affinché accettasse.
Quest'ultimo colpì la scrivania e girò la sua vistosa poltrona in pelle beige di novanta gradi per guardare fuori dalla finestra. La vista era spettacolare: lo skyline notturno di Barcellona visto da sessanta metri di altezza. In lontananza spiccava l'Hotel "W", dalla forma di una vela.

Allora, il lupo di mare contrattaccò.

"Il fatto è che non avete la minima idea di ciò che sta succedendo "disse in modo gioviale, vantandosi di capire e ribaltare la situazione.

"Come dice?

"Non avete idea di chi sia l'assassino.

Álex e Karla si guardarono.

"Abbiamo i nostri sospetti, ma non abbastanza per richiedere un mandato giudiziario.

"È la stessa cosa "rispose con tono di delusione". Da lei non me l'aspettavo, Álex Cortés "pronunciò il nome con sarcasmo.

"Mi ascolti bene "gridò Álex alzandosi e puntando il dito verso il capitano". Non so chi abbia chiamato per occuparmi del suo caso e che, inoltre, mi abbia imposto un tempo così limitato. Mi sta accusando di non fare bene il mio lavoro?

Mentre urlava, Karla tirava il suo braccio per farlo sedere. Il capitano non si degnò di girarsi.

"E mi guardi quando le parlo! "gridò dando un colpo sulla scrivania così forte che lo schermo del computer tremò". Non sono uno dei suoi sottoposti.

In quel momento si girò, con uno sguardo diverso da prima, più vendicativo, alterato.

"No, effettivamente non è uno dei miei marinai, perché altrimenti sarebbe adesso a pulire i pistoni del motore o a lavare le fosse settiche con uno spazzolino da denti.

Lo sguardo tra i due durò un tempo infinito, finché Karla non lo tirò di nuovo per la giacca in pelle e lui si sedette.

"Non penso sia una buona idea "commentò il capitano.

Karla si passò una mano sul viso.

"Se non lo fa, la responsabilità ricadrà su di lei.

"Lei deve finire ciò che ha iniziato "ribatté il capitano.

"Basta! "esclamò Karla, intervenendo per la prima volta nella

conversazione". Sembrate due galli in un combattimento.
Ci fu silenzio.

I due uomini continuavano a guardarsi.
"Signor capitano. Non condivido il comportamento del mio collega, ma sono certa che la proposta che le ha fatto è l'unico modo per mettere fine a tutto questo e per farci proseguire le nostre vite in direzioni opposte. Lei potrà continuare il suo percorso nel Mediterraneo e noi potremo occuparci di altri casi.
Il capitano smise di guardare Álex e si rivolse al brigadiere. Era la prima volta che sembrava prendere in considerazione la proposta dei poliziotti.
"Cos'è che le fa pensare che questo... "cominciò, fermandosi per cercare le parole più appropriate" piano possa avere delle chance di riuscire?

Karla si grattò, sotto lo sguardo attento di Álex. Il piano di Álex era appeso a un filo, tutto dipendeva da ciò che lei avrebbe detto.
"Devo essere sincera con lei?
"Certamente.
"Nulla mi fa pensare che possa essere "potenzialmente vincente" "disse, facendo il gesto delle virgolette in aria con le mani.
"Allora...
"Ma... Sono pronta, se lo desidera o preferisce, a spiegarle tutto ciò che abbiamo scoperto in questi giorni e a fornirle tutti i dettagli, fino a domani mattina, in modo che possa dirci cosa fare. Dato il suo ruolo, sono certa che sia molto intelligente e con molta esperienza. Così potrà proporci un secondo piano,

che sarà sicuramente molto più valido di quello presentato dal mio collega.

Il capitano rimase in silenzio e ingoiò a fatica.

"Cosa ne pensa?

La tensione era palpabile, come un sipario che fosse calato sullo spettacolo notturno che aveva luogo nell'ufficio del capitano della nave da crociera più grande del Mediterraneo.

Il capitano sospirò. Poi guardò l'orologio.

"Va bene, procederò con l'annuncio.

40

Gildo Falcone attendeva sul divano del salottino.

A causa della tensione, aveva bevuto diversi soft drink alla cola. Nella sala d'attesa c'era un mini frigorifero con ogni tipo di bevanda gratuita per i visitatori.

Appena si aprirono le porte dell'ufficio del capitano, si alzò.

Karla e Álex gli fecero un segno e lui li seguì.

L'espressione sul loro volto non era quella che si aspettava. Le urla della discussione avevano attraversato la porta di legno.

Il capitano chiamò la segretaria prima che avessero il tempo di parlare.

"Com'è andata? "chiese Gildo finendo l'ultima sorsata della bevanda zuccherata.

Álex guardò la porta del capitano e aspettò che fosse chiusa.

"Bene, sembra che abbia accettato. Alla fine, è come dire "prendere o lasciare".

"Ottimo! "esclamò il cuoco, ma poi rifletté". Prendere o lasciare?

"È un modo di dire, Gildo, non c'entra con il cibo. Insomma, ha accettato "confermò Karla.

"Calma, calma "disse Álex, non del tutto convinto". Ora deve funzionare. Sono in una situazione precaria e il capitano ha il coltello dalla parte del manico.

Uscirono dal ponte di comando e presero l'ascensore.

I passeggeri si stavano preparando per cenare e continuare con le loro vite, ignari di ciò che stava per succedere.

Erano le nove di sera e la nave era in piena attività. Il caos stava per scatenarsi.

Quando l'ascensore arrivò al cortile interno, scesero tutti e tre.

"Karla, ho bisogno che tu vada con Gildo alla sala delle telecamere "disse Álex, organizzando tutto ciò che stava per succedere". Non appena il capitano farà l'annuncio, inizierà il trambusto. Dovrai tenere gli occhi aperti su ciò che succede. È probabile che il nostro uomo cerchi di fuggire.

"Va bene, starò nella sala delle telecamere "confermò Karla". E tu dove sarai?

"Devo fare una chiamata e poi sarò a poppa. Comunicheremo via radio per qualsiasi cosa "disse Álex, mostrando il walkie talkie". Con questa parliamo anche con i colleghi al molo.

"E io cosa dovrei fare? "chiese Gildo.

"Puoi restare nella sala delle telecamere, con Karla "rispose Álex.

"Ho un'altra domanda.

"Dimmi.

"E se si getta in acqua? "chiese Gildo.

"Buona domanda "rispose Álex, guardando Karla e indicandola con l'antenna del walkie talkie". La Capitaneria è stata avvisata in caso di movimenti sospetti. Se qualcuno si getta in acqua verrà recuperato, e se si avvicina una barca, accenderanno le luci e interverranno immediatamente "concluse e li guardò entrambi". Altro?

Si guardarono.

"Bene. Ci aspetta una lunga notte. Dobbiamo essere pronti per ogni eventualità "disse Álex.

Stavano scommettendo tutto su una sola mossa. Alla fine, le indagini erano come una partita a poker. Puntavano tutto su una mano, spesso bleffando. E molti erano solo bleff.

Il capitano si avvicinò al microfono del suo ufficio. Aveva preparato il discorso con Veronika, la sua segretaria.

Stava per premere il pulsante, ma ci ripensò.

Era pronto?

Chi lo aveva messo in questa situazione?

Era l'annuncio più difficile della sua vita e non poteva nemmeno immaginare le conseguenze.

Ma se tutto andava come previsto dalla polizia, era disposto a superare quel brutto momento per sé stesso, per l'equipaggio e, soprattutto, per i passeggeri.

Ordinò di chiudere la porta del suo ufficio, per prevenire rappresaglie. Fu convocato un turno di diversi addetti alla sicurezza davanti all'ascensore del suo piano. Il piano di comando era una fortezza. Rinforzarono la sorveglianza alle uscite della nave. Diverse squadre dei Mossos d'Esquadra salirono a bordo in borghese per aiutare il servizio di sicurezza. Al molo apparvero più auto di polizia e agenti in incognito.

Nonostante tutto, il capitano sentì il sudore freddo diffondersi nel suo corpo.

Sospirò.
Guardò la foto di sua moglie e sua figlia sulla scrivania e bevve un sorso d'acqua.
"Pronto "disse alla segretaria, che rimase al suo fianco come sostegno morale.

"Cari passeggeri e equipaggio. Vi parla il capitano. Uso questo mezzo di comunicazione per tutta la nave perché questo è un comunicato ufficiale. Prima di tutto vi chiedo rispetto e ordine. Di solito non facciamo questi annunci con l'altoparlante, ma dato che questa notizia riguarda anche il nostro equipaggio, vi prego di non prendervela con loro, perché non hanno nulla a che fare con questa decisione e ovviamente ne assumo la piena responsabilità.
Bevve un altro sorso d'acqua. Appoggiando il bicchiere, la sua mano tremò.
Le attività sulla nave rallentarono per ascoltare l'annuncio. I casinò, i ristoranti, le orchestre, le cucine, le lavanderie, gli ospiti nelle camere, tutti erano in ascolto.
"A causa di alcuni eventi che si sono verificati, vi avevo chiesto di rimanere due giorni su questa nave. Ora posso dirvi la verità: è stato a causa di un'indagine della polizia per omicidio. Ecco perché la compagnia della nave vi ha offerto alloggio gratuito per questi giorni. Avevo promesso che stasera alle dieci avremmo potuto aprire le porte. Alcuni di voi sarebbero tornati a casa, mentre altri avrebbero continuato la crociera nel Mediterraneo. Ma le circostanze sono cambiate e devo annunciare che alle dieci di questa sera, ovvero tra poche ore, salperemo in direzione di Malta. Il mio team vi

fornirà indicazioni su come organizzare il ritorno a terra se siete di Barcellona.

Ciò che aveva previsto si avverò. Il caos si diffuse sulla nave. Molti passeggeri iniziarono a urlare. Qualcuno si lamentò con i membri dell'equipaggio, chiedendo un rimborso. Alcuni litigi e incidenti si verificarono in tutta la nave.

"Il capitano si scusa per gli inconvenienti e spero che tutti possano capire che è una decisione strategica presa in collaborazione con le autorità di polizia. Vi auguro un piacevole soggiorno sulla nave.

Il capitano ripeté l'annuncio in diverse lingue. Ma non fu necessario, il messaggio si era già diffuso, così come l'anarchia che l'equipaggio cercava di controllare.

Álex guardò dall'alto del piano del capitano. Aveva una visione privilegiata.
    Il mormorio si levò come una rivolta su una nave pirata. Fece il segno della croce, sperando che il piano rischioso non sfuggisse di mano e rovinasse tutto.

Estrasse il cellulare; aveva un messaggio da Alan. Diceva che aveva scoperto qualcosa e di chiamarlo.
    Compose il numero, ma era occupato.
    "Dannazione, Alan, riaggancia! "esclamò.
    Provò diverse volte, ma senza successo.
    Non poteva immaginare cosa avesse scoperto, ma intuì che non era una buona notizia.

41

Le immagini che apparivano sui monitor non erano affatto incoraggianti.

Karla si sentiva al sicuro nella stanza delle telecamere. Non aveva idea di quanto potesse dilagare il tumulto.

"Filomena, inizia lo spettacolo. Occhi aperti.

Lei era già all'opera, registrando e ingrandendo tutto ciò che poteva sembrare sospetto. Ma le cose, come avevano previsto, erano sfuggite di mano. Una isteria collettiva aveva invaso la nave.

Guardando le immagini, Karla afferrò il walkie talkie.

"Álex, non va bene.

"Me lo immagino.

"No, non puoi immaginarlo.

Álex sospirò e si grattò la nuca con l'antenna dell'apparato.

"Álex, se aspettiamo ancora, sarà irreversibile.

"Va bene, li chiamo.

"Fallo in fretta.

Álex sintonizzò la radio su un altro canale.

"Qui nave.

"Qui nido. Avanti, nave.

"Abbiamo bisogno che gli uccelli intervengano.

"Può ripetere?
"Abbiamo bisogno che gli uccelli intervengano.
"Confermato. Uccelli in azione.

Da un'estremità del molo, cinque furgoni dei GEI aprirono le porte posteriori e uno sciame di agenti speciali iniziò a correre verso la passerella.

I GEI chiesero istruzioni. Karla, dalla radio, indirizzò i gruppi nelle aree più colpite dal tumulto provocato dall'annuncio del capitano.

Si divisero: alcuni al casinò, altri ai ristoranti e altri nelle altre aree comuni.

L'intervento della squadra fu decisivo: appena visti, i passeggeri divennero docili e tranquilli. In circa un quarto d'ora, la calma era tornata a dominare la nave.

Dall'alto, Álex controllava. Si rese conto che il mormorio era sparito.

Prese di nuovo il cellulare.
"Alan, finalmente! Mi hai chiamato?
"Sì "rispose e si fermò.
"Bene, dimmi.
"Il tuo amico non è pulito.
"Cosa intendi?
"Sapeva di più.
"Non scherzare. Quanto di più?
"Il socio ha avuto una conversazione con un tipo che gli ha detto che volevano Jordi morto.

"Come, come? "disse senza capire del tutto". Mi stai dicendo che ha parlato con un tipo che sapeva chi voleva uccidere Jordi?

"No, Álex. Mi spiego meglio: Joan, il socio, ha parlato con l'assassino.

"Ti riferisci a colui che ha ucciso Jordi Recasens?

"Esatto.

"Dio. E cosa ha risposto?

Álex era sulla terrazza che si affacciava sull'intero molo. Si era girato verso il cortile con i giardini botanici che affacciavano all'interno dopo l'intervento dei GEI e la stabilizzazione della situazione. In quel momento era appoggiato alla ringhiera, ma al sentire la notizia si alzò.

"Beh, la conversazione è stata più o meno così: "Vogliono assumere me per fare sparire il tuo amico. Ma prima di accettare, volevo sapere cosa ne pensi. Mi offrono un sacco di soldi. Noi siamo amici".

"E cosa ha detto Joan?

"Che a tutti farebbe comodo se lui si prendesse una pausa.

"Interessante. La vita si è capovolta per Jordi. Si sa chi era il mandante?

"No.

Álex rifletté.

"Altri dettagli?

"Niente di rilevante. Non ho capito chi ha assunto l'assassino. Ma credo fosse qualcuno da Barcellona.

"Lo abbiamo scoperto.

Poi rimase in silenzio.

"Sei ancora lì? "chiese Alan.

"Sì, sto pensando "rispose Álex e aspettò un attimo". Va bene. Resta lì, siamo in piena operazione e potrei aver bisogno di te.

"Mi stai confondendo con Morfeo, l'oracolo di Matrix. E non sei il mio capo.

"Sai quanti favori mi sono costati i biglietti per i "Pinky

Trinky"? E in fondo ti piace.

"A proposito, ho scoperto qualcosa di più sull'enigma.

La parola suscitò in lui un'ondata elettrica che gli attraversò tutto il corpo.

"Cosa hai scoperto su Néstor?

Nella sala delle telecamere di sicurezza, controllavano la nave.

Filomena passava abilmente da una telecamera all'altra. Il suo collega, dalla postazione opposta, si occupava del lato nord della nave e lei del lato sud.

Karla era nel mezzo.

Gildo, due passi dietro di lei, osservava attentamente ogni movimento e ogni dettaglio.

Era affascinato e, senza saperlo, ciò lo stava coinvolgendo profondamente.

Tuttavia, dopo tante bevande aveva bisogno di andare in bagno.

"Karla, esco un attimo per andare al bagno "si scusò.

Lei alzò una mano senza dire nulla.

"Assicurati che nessuno entri, chiudi bene la porta "disse Filomena.

Gildo uscì, si recò al bagno più vicino e poi uscì dalla porta senza guardare. Proprio in quel momento passava una persona e si scontrarono.

"Scusa "disse Gildo con umiltà.

L'altra persona non rispose e continuò il suo cammino quasi correndo. Indossava un casco che gli nascondeva il viso.

Gildo aggrottò le sopracciglia.

Tornò nella sala delle telecamere. Suonò il campanello e Filomena gli aprì.

Non appena vide Karla, le raccontò con chi si era scontrato.

41

Lei aprì gli occhi incredula, non credendo a ciò che Gildo le stava dicendo.

Karla afferrò la radio.

"Álex, mi senti? Cambio.

Non arrivò nessuna risposta.

La detective insistette.

"Parla Karla, cambio.

"Vedi un fattorino delle pizze che sta andando via?

"Dove? "gridò l'ispettore.

"Deve essere sulla passerella, dovrebbe uscire ora.

Álex si girò verso il lato del molo. Il fattorino era a pochi passi dai poliziotti che sorvegliavano la passerella.

"Fermati! "gridò Álex dall'alto della nave". Fermatelo!

Quando la voce di Álex raggiunse il fattorino, questi lasciò cadere il contenitore termico e iniziò a correre verso il suo scooter.

Gli agenti, capendo la situazione, iniziarono a inseguirlo.

"Arrestatelo, non lasciatelo scappare! "gridò di nuovo.

Quando gli agenti raggiunsero lo scooter, il fattorino aveva già inserito la chiave e lo scooter elettrico partì come un razzo.

Riuscirono appena a toccarlo prima che fuggisse.

42

La scia di verità scomparve sul molo.

Álex era sul ponte, assistendo allo spettacolo in prima fila.

Per alcuni secondi, il sergente pensò che tutto fosse un sogno, che ciò non potesse essere reale nonostante lo stesse vedendo.

Avevano organizzato tutto nei minimi dettagli, ma nessuno avrebbe mai immaginato che un fattorino delle pizze uscisse dalla nave.

Chi era?

Cosa portava?

E il peggio, chi diavolo lo aveva fatto entrare?

Se lo chiedeva mentre scendeva le scale a salti, saltando tre gradini alla volta.

"È scappato! "gridò alla radio.

"Vado a cercarlo "rispose Karla.

"No. Resta lì "replicò Álex". Invia la foto del fattorino alla centrale e diffondila a tutte le unità. Massima priorità.

"Capisco.

In pochi minuti era al piano principale. Il cuore batteva forte, quasi uscendo dal petto.

Prese il corridoio che portava all'ingresso e, con un ultimo sforzo, sprintò verso gli agenti.

"Ci dispiace, Sergente, ci è sfuggito.

Álex si piegò, appoggiando le mani sulle ginocchia.

Riprese fiato per un attimo.

"Cosa vi succede? Non sapete seguire gli ordini? "disse ansimando". Chi diavolo era quello?

"Sergente, il fattorino ha detto che la pizza era stata ordinata dal capitano "rispose l'altro.

Senza rispondere all'assurdità, Álex riprese a correre. Accese la sirena della pattuglia e avviò l'auto.

Dopo pochi metri frenò bruscamente.

«Dove stai andando?», si chiese.

Correre senza una meta era inutile.

Respirò.

Ansimava nella macchina, mentre l'ossigeno tornava a fluire nel corpo, messo a dura prova dalla corsa sulle scale. Guardò attraverso il parabrezza. Il fattorino era scappato e c'era solo una cosa da fare.

"Karla "disse Álex alla radio.

"Dimmi.

"Qualcosa non mi torna.

"Cosa intendi?

"Non lo so, sembra una trappola.

Ci fu un silenzio.

"Ascolta. Continua a controllare attentamente le telecamere. Potrebbe essere una trappola. Prova a cercare nelle immagini dove è realmente andato il fattorino.

"Ok. E tu cosa farai?

"Lo cercherò "disse e appoggiò la radio sul cruscotto.

Accese le luci lampeggianti. Inserì la prima e schiacciò a fondo l'acceleratore. Le ruote slittarono sul molo. L'auto seguì una strada perpendicolare al porto. Attraverso il finestrino, i barconi ormeggiati passavano velocemente. Arrivò a una rotonda e prese l'uscita; non ebbe il tempo di spiegare nulla alla guardia. La barriera volò in aria al passaggio dell'auto. Vide il segnale di uscita e l'entrata alla Ronda Litoral.

Rallentò e spense le sirene.

Il traffico era quasi inesistente. A quell'ora della notte, i barcellonesi erano comodamente a casa a guardare qualche serie.

Si rese conto di essere sudato.

"Abbiamo notizie? Cambio "chiese Álex alla radio.

"No. Cambio "rispose Karla.

"Lì?

"Tutto tranquillo qui, come se niente fosse "disse lei, ammorbidendo la frase.

"Karla? "disse Álex e insistette". Sei lì? Cosa sta succedendo?

Dall'altra parte non ottenne risposta.

Álex diventò impaziente.

Infine, rispose di nuovo.

"Álex, una pattuglia motociclistica della guardia urbana ha visto un fattorino andare a tutta velocità lungo il Paralelo, direzione Fiera di Barcellona. Lo stanno seguendo.

"Capisco, arrivo.

Riattivò le sirene, retrocesse una marcia e accelerò attraverso i tunnel della Ronda Litoral. L'uscita per il Paralelo era la prossima. In pochi minuti stava lasciando l'arteria. Sorpassò una macchina sulla destra e, una volta oltrepassata la rotonda, prese l'uscita per il Paralelo. Un'importante via, con due corsie in salita e due in discesa, che portava al primo centro fieristico della città.

La percorse a tutta velocità, le sirene rompevano la tranquillità notturna della città.

42

"Ho quasi finito il Paralelo, dove devo andare ora?

"Quando arrivi a Plaza de España, prendi Avenida Tarragona.

"Ma è in senso opposto!

"Prendila comunque.

Álex entrò nella rotonda e prese la seconda uscita in direzione contraria. Gli pneumatici stridivano a causa della velocità con cui la macchina di pattuglia percorreva le strade della città.

Appena entrò nell'avenida, chiese di nuovo indicazioni.

"E ora dove? "disse Álex.

Il poliziotto pensava che quella situazione non gli piacesse affatto. Inseguire un fattorino delle pizze, senza sapere se fosse o meno la chiave dei suoi problemi. Era una finta? Come avevano organizzato con il capitano per identificarlo, era possibile che avesse ricevuto una contromossa in risposta. Forse stava inseguendo qualcuno pagato per distrarre la polizia.

"Arriva fino a Plaza de los Países Catalanes e gira a sinistra, su Avenida Roma.

Álex odiava quella sensazione di andare alla cieca.

"Non importa cosa debbano fare coloro che stanno inseguendo il fattorino delle pizze, voglio che sia arrestato.

"Stanno raggiungendo Plaza de Sants.

"Maledizione, ci sta sfuggendo "disse Álex e gettò la radio sul sedile accanto.

Appena vide spuntare la stazione ferroviaria di Barcelona Sants tra gli edifici del Paseo de San Antonio, cercò le luci delle moto. Le vide in lontananza; erano due moto della guardia urbana, proprio alla fermata dei taxi. Si avvicinò il più possibile e lasciò la macchina.

Estrasse la pistola e prese la radio.

Iniziò a correre verso le moto della guardia urbana.

Proprio accanto alle loro moto c'era un'altra di colore giallo, dello stesso colore di quella del fattorino delle pizze.

Entrò nella stazione e, non appena le porte automatiche si aprirono, notò un gruppo di viaggiatori e curiosi riuniti, anche se non riuscì a vedere cosa stesse succedendo.

Avvicinandosi, comprese.

"Fate largo, mossos d'Esquadra!

I due agenti della guardia urbana avevano il fattorino. Era contro un cestino, con il casco ancora indosso, con gli agenti che lo tenevano sotto tiro.

"Fermi! "disse Álex ai poliziotti, alzando la mano.

Ripose la pistola nella fondina, sotto la giacca di pelle.

Si chinò verso il fattorino. Lui stava guardando il muro. Si chiese cosa potesse avere in mano. Stava piangendo, con il viso coperto dal casco.

"Non hai scampo. Non rendere tutto più difficile.

Il fattorino, con una divisa che gli stava troppo larga, non si muoveva; piangeva solamente, guardando la parete.

Ma dai dettagli che notava, ad Álex qualcosa non tornava.

"Chi sei? "disse, avvicinando la mano.

Il fattorino si voltò.

La prima cosa che Álex vide furono i suoi occhi. Dietro la paura, si potevano distinguere occhi dolci, che già gli erano familiari. Li aveva visti prima.

Non era un fattorino di pizze, era qualcun altro.

"È finita "riuscì a dire Álex.

Il fattorino prese una manica e si asciugò il naso, cercando di riprendersi.

Si tolse il casco e liberò la sua splendida chioma bionda.

42

Sotto il travestimento del fattorino c'era la dolce e apparentemente ingenua donna greca.

Álex la guardò perplesso, non riuscendo a capire, anche se il suo cervello iniziò a collegare i fatti, componendo un puzzle che si rivelò più complicato di quanto pensasse.

Vasilisa era ancora protetta dal casco.

Fu in quel momento che Álex comprese di aver fatto un errore di valutazione.

43

Un errore di valutazione.

Vedendo la donna greca che aveva lasciato la crociera, Álex comprese diverse cose e molte altre domande gli si formarono nella mente.

Dove sarebbe stato il fattorino?

E perché la donna era coinvolta in tutto questo, se Jordi Recasens era stato ucciso da un sicario?

Álex sapeva che gli errori di valutazione potevano causare molti problemi.

Ma chi avrebbe potuto risolvere quel caso in così poco tempo? E poi, con un serial killer che ancora gli girava intorno, sia nella vita reale che nella sua mente.

Álex aiutò la donna a rialzarsi.

Una splendida e forte donna bionda che poteva avere la forza di fare molte cose.

Nonostante la sua corporatura, la donna continuava a piangere.

"È finita, Vasilisa. Mi dispiace.

Il detective guardò intorno. I pochi passeggeri presenti nella stazione di Sants si erano radunati per assistere alla scena.

"Agenti, sgombrate l'area, mi occupo io della detenuta "disse e indicò con un gesto della testa il gruppo di curiosi". A proposito, buon lavoro.

Álex prese la greca per un braccio e la portò in un ufficio della stazione dei treni ad alta velocità. La fece sedere su una poltrona.

Si sedette alla scrivania di fronte a lei.

"Perché? "chiese.

Ella non riusciva a parlare.

Allora prese la radio.

"Karla, a te.

"Dimmi.

"L'ho presa. A te.

"Chi è il bastardo?

Álex guardò la donna senza dire nulla. Fece una smorfia, sospirò e poi rispose.

"Non te lo immagini "disse e aspettò". È Vasilisa. Fine.

Dall'altra parte non ci fu risposta.

"Come? Fine.

"Ti chiamerò al telefono, questa linea non è sicura.

Álex posò la radio sulla scrivania e guardò la donna.

"Perché, Vasilisa? "ripeté.

Lei, tra i singhiozzi, lo guardò, questa volta con rabbia. Poi gli disse qualcosa nella sua lingua madre, qualcosa di ostile. Lui non capì il significato.

"Perché stavi scappando?

Lei girò la testa.

"Se non mi aiuti, peggiorerai solo la tua situazione.

Lei lo guardò e sputò per terra.

Álex alzò le sopracciglia. Poi prese il telefono e chiamò Karla.

"Sono con lei.

233

Karla iniziò a fare molte domande, ma lui la fermò subito.

"Aspetta, non riattaccare.

Guardò lo schermo e chiamò anche Alan.

"Alan, sei in linea con Karla e me, in una chiamata a tre "disse Álex con la greca di fronte". Non posso dirti molto, ma ho commesso un errore di valutazione.

"Mi piace sentirti ammettere quando sbagli.

"Alan, ora non è il momento, ascoltami! Stiamo cercando un individuo che ha ucciso Jordi Recasens perché pensavamo che la sua clinica avesse fatto un aborto clandestino e la paziente fosse morta. Quindi stiamo cercando suo padre. Ma ecco l'errore, perché ci siamo basati su ciò che ci ha detto Joan, il socio. Dobbiamo cercare, probabilmente, un uomo e una donna che volevano avere un figlio, ma l'inseminazione artificiale ha portato alla morte di lei.

Ci fu silenzio.

"Karla, ho davanti Vasilisa, ma non parla. Non vuole collaborare. Ti ricordi come si chiama di cognome?

"Aspetta "rispose mentre rifletteva". Vasić.

"Esatto. Alan, cerca nell'Excel dei nomi della clinica se appare quel cognome.

"Capito, lo cerco "confermò il poliziotto informatico.

Ci fu un silenzio. Per Álex fu scomodo sopportare la pressione dello sguardo della greca che da angelo era diventata diabolica.

"Confermato, abbiamo il nome di una certa Ava Vasić.

"Bene "esclamò Álex scendendo dalla scrivania su cui era seduto". Ok, Alan, ora controlla nei registri della Previdenza Sociale e delle Finanze se una certa Ava Vasić ha lavorato o si è sposata con qualcuno.

"Vado.

43

Álex incrociò le dita e chiuse gli occhi aspettando una risposta.

Il tempo sembrava eterno.

"¿Alan?

"Un attimo, sergente, non è come andare su Google e cercare foto di gatti.

Álex rimase in silenzio.

Passarono dei minuti. Gli agenti di polizia stavano di guardia davanti alla porta dell'ufficio con pareti in vetro, chiedendosi cosa stesse facendo il loro collega dei mossos e perché non portasse via la detenuta.

"L'ho trovato. Alfredo Rueda. Si è sposato con la signorina Vasić due anni fa. Lei è morta circa sei mesi fa a causa di un aborto. La cartella clinica dice che ne avevano avuti diversi prima. Il caso fu archiviato perché era una morte dovuta a un terzo aborto.

"Ottimo, Alan, un'ultima verifica "disse Álex con il cuore in gola". Controlla questo tale Alfredo Rueda. Cosa fa nella vita?

Dall'altro lato del telefono si sentì l'informatico sospirare.

Passarono alcuni minuti. Alex pensava che questa fosse l'ultima prova di cui avevano bisogno.

"L'ho trovato "l'atmosfera era tesa". Il signor Rueda è un allenatore di cavalli. Vivono a…

"Perfetto, Alan "interruppe l'informatico". Karla, ti ricordi cosa ha detto Alba, la medico legale? Il composto con cui hanno sedato Jordi Recasens era un anestetico per cavalli.

"Sì, ricordo perfettamente "disse preoccupata la donna". Álex, sbrigati, la situazione sta peggiorando su questa nave.

"Ok, ora l'ultima prova "disse Álex.

"Dimmi.

"Cerca tra i passeggeri Alfredo Rueda.

Ancora una volta iniziò il suono dei tasti. Dopo un minuto rispose.

"L'abbiamo. Cabina 2456. È una singola, semplice.

"Sei un genio, Alan "disse". Karla, sai cosa fare.

"Mi occupo io "rispose Karla e riagganciò.

44

Karla cercò la piantina della nave. La prese, sgualcendola, insieme alla radio.

Cambiò canale e premendo un pulsante, disse:

"Qui sergente Ramírez. Squadra due, intervento richiesto nel foyer del secondo piano.

"Confermato "rispose l'agente dall'altra parte, a capo dei GEI.

Fece un segno a Gildo e si misero in movimento.

Si precipitarono tra gli sguardi sorpresi dei passeggeri. La sergente seguì le indicazioni sulla piantina. Salirono due piani con l'ascensore e, dopo diversi corridoi, raggiunsero la squadra pronta.

2456.

«Secondo piano, corridoio quattro, stanza numero 54. Lato destro, per i numeri pari», si ripeteva Karla.

Trovarono il corridoio e vi entrarono.

Karla apriva la strada correndo, controllando i numeri delle stanze.

Superarono le prime stanze. Iniziarono le prime decine.

Cosa avrebbero trovato in quella cabina della nave?

«Chi è realmente questo tale Alfonso Rueda?» pensò Karla. Sarebbe stato un uomo disperato con pochi fondi, che si era rivolto a una clinica di fertilità clandestina per avere un figlio con la sua giovane moglie? Un'ultima possibilità per diventare genitori?

Superarono le stanze nelle seconda e terza decina. Entrando nel profondo della nave, si poteva percepire la grandezza di quella struttura galleggiante.

"Karla, aggiornami "si sentì dalla radio.

"Stiamo percorrendo il corridoio "rispose lei, avvicinando il microfono". Mancano una ventina di stanze e ci siamo.

Quaranta. Quarantadue.

I passi del team speciale creavano un eco che ricordava una marcia militare, facendo allontanare i curiosi.

"Stanza cinquanta.

"Continua a tenere informato.

"Cinquanta e due. Cinquanta e quattro "disse Karla e si fermò, alzando un braccio.

Il convoglio si fermò e tutto divenne silenzioso.

"Cinquanta e quattro "sussurrò Karla.

Quando dalla radio che Álex teneva in mano uscirono quelle parole, la donna greca abbassò la testa e riprese a piangere.

Il detective intuì cosa sarebbe successo quando la sua collega avrebbe aperto quella porta. Lo immaginò, lo sentì e lo dedusse dalla reazione della donna che piangeva davanti a lui.

Dalla radio poteva sentire i suoni di ciò che accadeva davanti alla porta 2456.

Karla bussò alla porta.

"Signor Rueda, apra la porta. Polizia! "gridò Karla.

Lei appoggiò l'orecchio, ma non ci fu risposta.

44

"Signor Rueda? "insistette.

Non ricevendo risposta, fece un segno a uno dei GEI, che sfondò la porta con un ariete.

La porta della stanza 2456 si aprì completamente. Dopo aver raggiunto il suo massimo arco, rimbalzò e si richiuse.

Karla rimase senza parole di fronte alla scena che aveva intravisto per un momento. Sembrava un fotogramma di un film horror.

Un flash.

Un'immagine oscurata dal male e dalla vendetta, illuminata da candele.

Regnò il silenzio. Quello che trovi in un cimitero.

Quel momento sembrò durare un'eternità.

In parte avevano trovato ciò che cercavano, ma in parte no.

I GEI entrarono. Karla rimase ferma, con la radio in mano. La vista fu offuscata dal risultato di un piano fallito. Forse non era colpa sua, ma era certamente responsabilità del gruppo investigativo.

Come non ci avevano pensato prima?

Álex cercò di comunicare, ma non ci riuscì. La donna continuava a tenere premuto il pulsante della radio, trasmettendo tutto in diretta.

"Libero "disse il responsabile.

Solo allora Karla entrò.

La stanza era piena di fotografie. Sul letto, sul pavimento. Un altare improvvisato.

Ogni foto ritraeva una donna. Era familiare a Karla. Gli stessi occhi, lo stesso sorriso. Assomigliava a Vasilisa.

La luce delle candele faceva lampeggiare la stanza.

Davanti all'altare c'era l'uomo che doveva essere il signor

Rueda. Imbavagliato e con le mani legate dietro la schiena. Nudo.

La cabina economica puzzava di ruggine, sangue e morte.

Le immagini erano macchiate dalle gocce di sangue che, dopo aver tagliato la giugulare dell'uomo, erano fuoriuscite dal corpo.

Karla si coprì la bocca e si girò verso Gildo, che aspettava fuori.

"Non c'è bisogno che tu veda questo "disse all'italiano.

La differenza tra fare trazioni e vedere cadaveri è che con la prima ti indurisci e ti abitui, ma alla seconda non ti abitui mai. Karla pensò che il corpo davanti a lei fosse sempre il più impressionante.

Voleva parlare con Álex e si rese conto di trasmettere ancora con il walkie-talkie.

"¿Álex? "disse, rilasciando il pulsante.

"Sono qui, Karla.

"Il signor Rueda…

"Lo immagino "rispose Álex con tono abbattuto, guardando la ragazza greca". Mi senti?

"Sì, capisco.

"Abbiamo fatto tutto ciò che potevamo. Mi senti? "insistette Álex.

"Sì, sì "rispose lei, non molto convinta.

"Lasciamo tutto agli esperti forensi, il nostro lavoro qui è finito. Ci vediamo in centrale. Fine trasmissione "concluse Álex, appoggiando la radio sulla scrivania.

"Vasilisa. Perché? "chiese ancora una volta alla ragazza greca". Perché l'hai fatto?

44

Lei lo guardò e sospirò con sollievo.

45

La stazione principale dei treni di Barcellona, Sants, era deserta.

Rimanevano solo quattro passeggeri che prendevano mezzi di trasporto a ore improbabili della notte.

I due vigili urbani se ne erano andati, lasciando agli agenti del corpo dei Mossos d'Esquadra il controllo dell'area.

Quando i mossos arrivarono, tentarono di entrare nella sala degli interrogatori, ma Álex li fermò: voleva trascorrere ancora un po' di tempo da solo con Vasilisa.

Lei continuava a piangere. Quando trovarono il corpo del cognato, lei emise un sospiro che Álex interpretò come un segnale di sollievo. Ma l'ombra della vendetta non svanì; sarebbe rimasta con lei per molto tempo.

Fin dall'inizio, al sergente sembrava che fosse una donna molto consapevole delle sue azioni. Non era pazza. Era solo una donna che aveva perso sua sorella.

Lo guardò in silenzio.
"Capisco per Jordi Recasens. Ma perché Alfredo?
"Mi ha tolto mia sorella.
"Tua sorella e Alfredo si sono sposati "disse Álex, non

capendo". Non te l'ha tolta.

Lei sorrise con cinismo, poi scosse la testa.

La donna guardava Álex. Non era ammanettata, avrebbe potuto tentare di scappare o attaccarlo. Malgrado ciò, Álex non provò paura in alcun momento. A un certo punto, riuscì persino a comprenderla. Tuttavia, non poteva fare più nulla per lei.

"Alfredo venne in vacanza a Chora, il mio paese in Grecia. Isola di Mykonos.

Álex annuì con un'espressione di comprensione.

"Alfredo era un amico di famiglia. Veniva ogni due, tre anni. Sempre a casa mia. Non albergo, i miei genitori erano suoi amici. Lui a casa mia. Capisci. Ma si innamorò di mia sorella. E le propose di venire in Spagna. Lei non ci pensò su, voleva scappare dalla mia isola. E poi, dopo il matrimonio, non poté avere figli.

"Ma Alfredo amava tua sorella.

"Se lui amava mia sorella, non l'avrebbe fatta operare in una clinica non ufficiale. Morì per cure sbagliate "disse alzando la voce e indicandolo con un dito". Capisci?

Álex fece un gesto sottile per calmarla.

"Ti capisco Vasilisa, ma non si uccide per questo. Perché non…? "disse Álex e, mentre pronunciava quelle parole, comprese la vera e più profonda ragione. I motivi più forti per le persone sono sempre due: l'odio e, soprattutto, l'amore.

Lei annuì.

"Eri innamorata di Alfredo "disse, incrociando le braccia e portando l'indice alla bocca". E lui non ti voleva.

"Mi ha tolto mia sorella. Ma la uccise portandola in clinica e lei morì. Per me fu un duro colpo perdere mia sorella due volte. Ma ora, quando Alfredo poteva finalmente essere mio, lui non voleva stare con me.

"Certo, perché Alfredo era ancora innamorato di tua sorella e ti rifiutò.

Lei scosse la testa e concluse.

"Nessuno me la restituirà. Se Alfredo non vuole stare con me, allora che stia con mia sorella. Morto.

"Certo, o con me o con nessuno.

Alex la guardò intensamente.

"Quello che non capisco è l'assassino a pagamento, come hai fatto a ucciderlo? Era un uomo due volte più grande di te.

Lei storse la bocca.

"No, Alfredo aveva un piano: uccidere il sicario, per non lasciare tracce. Poi pensava che fosse tutto finito.

"Quindi, una volta sicura che il lavoro fosse stato fatto, ti sei occupata di tuo cognato…

"Non mio cognato, il mio amore. Quando poi lui non ha voluto stare con me, allora… "disse Vasilisa, facendo il gesto di tagliarsi la gola.

In quel momento, due Mossos entrarono dalla porta a vetri dell'ufficio nella stazione.

Álex annuì.

La misero in manette.

La presero per un braccio e la portarono via. Prima che attraversasse la porta, il sergente li fece fermare.

"Vasilisa, come hai trovato Jordi?

Lei lo guardò con i suoi bellissimi occhi gonfi.

"Un predatore è più facile da cacciare di una brava persona "rispose, e Álex aggrottò la fronte". Un uomo con vizi ha più punti deboli di quanto tu possa immaginare, poliziotto.

Poi continuò a camminare.

Álex rimase con quella frase.

45

«Un uomo con vizi ha più punti deboli di quanto tu possa immaginare».

Guardò Vasilisa mentre scompariva. Da una parte condivideva con lei l'amore per una sorella. In parte si sentiva in empatia con lei.

Rifletté e immaginò che, se avesse avuto davanti la persona che aveva tagliato la mano a sua sorella, probabilmente avrebbe fatto lo stesso.

Néstor.

Néstor Luna.

L'enigma.

Pensò ad Alan. Prese il cellulare e riguardò il messaggio che aveva ricevuto. Aveva scoperto qualcosa. Si alzò dalla scrivania e tornò alla stazione di polizia. C'era ancora un'ultima cosa da fare quella notte.

PROLOGO

Karla e Gildo lasciarono alle loro spalle la cabina numero 2456.
Quella notte segnò un prima e un dopo nella vita di Gildo. Nonostante l'orrore che provò vedendo la scena del crimine, sentì anche che qualcosa in lui si stava risvegliando, forse una nuova vocazione, anche se ancora non riusciva né a esprimerlo né a comprenderlo.

Una persona normale avrebbe provato orrore e distanza. Lui però sentì qualcosa di diverso, come se una voce interna gli suggerisse una nuova strada. Non sapeva come esprimere questo sentimento, figuriamoci comprenderlo.

Nel bel mezzo del vestibolo del secondo piano apparve il capitano.
"Caporale Ramírez, cosa è successo?
"Capitano, a cosa si riferisce?
"A cosa mi riferisco? Non so, al riscaldamento globale, alla caduta del Bitcoin, alla quindicesima coppa del Real Madrid. Di cosa diavolo pensa che stia parlando?
Karla, che non aveva voglia di scherzi, annuì.
"Abbiamo trovato l'assassino.
"Finalmente, alleluia "disse il capitano della nave alzando le

braccia in tono cerimoniale". Chiamerò il maggiore Aragonés, faremo scendere i passeggeri e partiremo il prima possibile da questo porto.

"Piano, piano. Prima la nostra esperta deve raccogliere tutte le prove, poi il giudice dovrà autorizzare la rimozione del corpo. Sarete ancora qui per qualche giorno.

"Vedremo...

"Può cominciare a far scendere i suoi passeggeri "disse Karla, e subito dopo si diresse verso l'ascensore.

"Maledetta donna "sussurrò il capitano.

"Cosa ha detto... capitano? "replicò Karla.

Il capitano e la poliziotta si guardarono sfidanti. Lei, alta un metro e sessanta, di fronte ai quasi due metri dell'uomo in uniforme della marina mercantile.

"Avrei preferito non accettare la vostra proposta. Avrei voluto che questo fosse successo in Francia con la Gendarmeria, e non con voi.

"Non ne vale la pena, Karla "disse Gildo, trattenendola per evitare che gli saltasse addosso.

"E tu, piccolo lavapiatti italiano, torna nella cucina numero quattro a bollire le uova.

All'udire ciò, Gildo lasciò Karla e si voltò verso il capitano, togliendosi la giacca dell'uniforme della nave e lanciandogliela in faccia.

Il capitano lo prese come un insulto e un affronto.

"Vattene. Puoi andartene, piccolo scarafaggio. Lascia la mia nave immediatamente.

"Va bene, Gildo, andiamocene "disse Karla, allontanandosi.

L'agente e l'italiano entrarono nell'ascensore, scomparendo una volta chiuse le porte.

Gildo accompagnò Karla a terra.

Sul molo c'erano solo poliziotti e loro due.

"Te ne vai? "chiese Gildo.

"Il nostro lavoro qui è finito. Inoltre, Álex mi aspetta in commissariato "rispose Karla.

Rimasero in silenzio, uno di quelli scomodi.

"Cosa farai ora? "domandò lei indicando la nave.

"Era un lavoro temporaneo "rispose lui, alzando le spalle". Verrai a trovarmi a Roma? "aggiunse Gildo, arrossendo leggermente.

Lei sorrise, per non mentire.

Anche lui sorrise e si grattò la testa.

"Capisco. Quando pensi di dirglielo?

Lei alzò lo sguardo, sorpresa.

"Non ti seguo.

"Si vede da lontano che ti piace. Le opportunità sono come i treni, passano solo una volta alla stazione "disse lui, accarezzandole dolcemente la guancia". A volte agiamo quando è troppo tardi. Dillo se è ciò che senti veramente.

Karla cercò di sorridere.

"Devo andare. Grazie di tutto. Sei un bravo ragazzo.

"Sì, sembra "rispose lui, alzando le spalle.

"Non sono come pensi, Gildo. Sono più grande di te. Trovati una più giovane. Vivi, esplora il mondo.

Lui rimase in silenzio.

"Comunque, stammi bene.

"Certamente.

Lei si avvicinò a una macchina della polizia, salì e, mettendo in moto, guardò nello specchietto retrovisore. Gildo era ancora lì, fissandola, come se stesse per scomparire dalla sua vita.

Quando passò davanti a lui, si salutarono per l'ultima volta attraverso il finestrino.

Le parole di Gildo risuonarono nella sua mente per tutto il tragitto, come una canzone in sottofondo che non si spegne.

ANTEPRIMA GRATUITA!

La serie del sergente Álex Cortés continua con:

IL DIAVOLO NON DARME MAI

Qui di seguito potete leggere in ESCLUSIVA il primo capitolo della terza indagine di Álex Cortés, una piccola anteprima prima della sua uscita:

CAPITOLO GRATIS

La stazione di polizia era deserta.

Dopo aver parcheggiato la macchina di pattuglia nel parcheggio, Álex salì nel suo ufficio. Prima di dirigersi al secondo piano, dove Alan lo stava aspettando, si sedette sulla sua sedia.

Passando davanti alla macchina del caffè fu tentato di prenderne uno.

Il silenzio dominava l'ambiente. Era abituato a una stazione di polizia sempre piena di rumori, con gente, trambusto, problemi, chiamate.

In quel momento la stanchezza lo colse. Il suo corpo sembrava improvvisamente più pesante.

L'incidente in moto gli bruciava ancora sotto i pantaloni, così come la visita da Beatriz Portos e i due omicidi sulla nave da crociera. Un vortice di eventi che lo avevano portato a quel momento. Tuttavia, più di tutto ciò, quello che realmente pesava su di lui era l'incontro con Néstor.

L'assassino era ancora vivo e non poteva permettergli di vagare per le strade. Peggio ancora, aveva qualcosa per lui.

Raccogliendo le sue forze, salì nell'ufficio di Alan.

Al secondo piano della stazione di polizia di Travessera de les Corts, solo due luci erano accese. Solo gli agenti di guardia lo salutarono. Alla fine del corridoio c'era una porta socchiusa.

Una luce tenue proveniva dal reparto di telefonia forense.

Aprì la porta e si sedette.

"Non ti hanno insegnato a chiedere il permesso prima di entrare? "disse l'informatico.

"L'educazione è come il tempo "rispose Álex"… è relativa.

Alan alzò gli occhi e i due poliziotti si fissarono.

"Dovrei rispondere alla stessa maniera? "chiese Alan.

"Perché lo chiedi?

"Perché sembra una frase da James Bond "rispose, visibilmente irritato". Mi vedi come il tuo "Q" personale?

"Che cosa ti ha morso? Smetti con queste sciocchezze, Alan. Cosa hai trovato?

"Ti vedo in forma.

"Non chiedere, è stata una notte agitata.

"Cosa hai scoperto?

Alan abbassò lo sguardo. Il computer era spento. Aveva in mano il libro di Néstor, *Diario di un Assassino Suicida*. Poi lesse il passaggio.

«*Ho la forma di una scatola e sono pieno di cose, ma non sono una scatola, né una casa, né un negozio. Sono scuro e polveroso. Conservo i tuoi ricordi, ma non faccio nulla con essi. Raramente mi visiti.*»

Il libro, davanti a loro, era aperto alla pagina 15.

"Cosa ne pensi? "chiese Álex.

"Potrebbe essere molte cose, ma credo che si tratti di un garage.

"Un garage? Néstor vuole mandarmi in un garage?

"Non lo so, potrebbe essere un deposito, una soffitta, un luogo per conservare le cose.

Álex emise un suono gutturale.

"Perché vorrebbe mandarmi lì?

"Forse è un messaggio, una metafora, qualcosa in codice.

Álex rifletté.

"O potrebbe essere qualcosa della mia infanzia, del mio passato.

"Il mio passato?

"Non lo so, dobbiamo decifrare questo rompicapo.

"Aspetta, *"raramente mi visiti"* significa che si tratta di ora, non di prima.

"Potrebbe essere.

"Un deposito. Perché un deposito? Ne ho uno. Quando mi sono trasferito a Barcellona, vivevo in un appartamento più grande nella periferia. Quando mi sono trasferito, ho affittato un deposito per conservare scatole e vecchi oggetti.

Alan annuì.

"Forse ti ha lasciato lì un altro messaggio per il suo prossimo criptogramma.

Álex sospirò.

"Perché io? Perché deve succedermi tutto questo? Sono stanco di tutto questo!

"Mi dispiace, è toccato a te. Più velocemente ci andrai, prima sapremo se è il deposito e cosa c'è dentro "disse Alan". Ma ti consiglio di andare a dormire ora e di andarci domani con nuove energie, dopo un buon riposo. Ti farà bene.

"Non so.

"Beh, solo perché tu non lo sai, non significa che io non andrò a dormire. E dovresti fare lo stesso.

Álex si alzò.

"No, ci andrò ora.

Prese il libro e se ne andò.

Riuscì appena a tempo a informare Karla su dove stava andando.

Attraversò la città nel cuore della notte.
Davanti ai suoi occhi c'era uno spettro della metropoli, che si rinvigoriva dormendo in attesa del giorno successivo.
Uscì dalla Ronda de Dalt e si diresse verso Mataró, l'unico posto dove poteva affittare un deposito con quattro scatole a un prezzo accessibile.
Tre metri quadrati per scatole, vestiti, libri e oggetti vecchi. Preferiva pagare per conservarli piuttosto che decidere di gettarli.
Parcheggiò la Mini fuori dal vecchio edificio. Prese le chiavi dal portaoggetti.
La strada era sporca e silenziosa. Il silenzio veniva interrotto occasionalmente dalle auto che passavano sulla vicina autostrada. Era una zona industriale addormentata.
Inserì la chiave nella serratura. Questa volta si assicurò che Karla sapesse dove stava andando e lasciò il localizzatore GPS del suo cellulare acceso.
Karla aveva offerto di andare con lui, ma Álex pensò che questa volta non ci sarebbero stati pericoli.
Entrò nell'edificio con la pistola pronta.
Accese la luce, che lampeggiò diverse volte prima di stabilizzarsi. Attraversò il primo corridoio. Le sue scarpe lasciavano impronte nella polvere. Ogni pochi metri c'era una porta di un deposito.
Alla fine, girò a sinistra e nel nuovo corridoio trovò la seconda porta sulla destra.
«*Cosa mi aspetta lì dentro?*», si chiese. Era quel posto che Néstor voleva che raggiungesse?

E se era così, cosa diavolo gli aveva lasciato lì?

Il rumore della serratura che si apriva ruppe il silenzio dell'edificio, come un orso che si sveglia dopo l'inverno.

Il suo cuore iniziò a battere così forte che poteva sentirlo. La maglietta sotto la sua giacca era inzuppata di sudore.

Guardò in entrambe le direzioni del corridoio e spalancò la porta.

Appena la aprì, accese la luce. Ci mise diversi secondi.

Quando il rumore del neon si spense, Álex si rese conto che qualcosa non andava. Un rumore persistente riempiva la stanza. Non era stato lui a mettere lì qualcosa che facesse quel rumore.

Il numero 35, non c'era dubbio. Era quella la chiave.

L'oggetto fuori posto era proprio davanti a lui: un piccolo congelatore.

Bianco, verticale.

Provò un brivido. Il panico lo invase. Tutto stava ricominciando.

Era sudato e freddo.

All'inizio pensò a sua sorella, ma aveva parlato con lei solo poche ore prima. Poi ci ripensò; in realtà non avevano parlato, avevano solo scambiato alcuni messaggi.

Il fantasma di Néstor tornò a pesare sulla sua schiena.

Raccolse tutto il suo coraggio e si avvicinò.

Prese un fazzoletto per evitare di lasciare impronte sulla maniglia. La sollevò lentamente. Quando il coperchio si aprì, una fredda ondata d'aria ne uscì.

Appena la parte superiore fu aperta, un rumore risuonò nel corridoio.

Álex si girò di scatto puntando la pistola verso la porta. Il rumore cessò quasi subito.

"Calma, non è niente "si sussurrò per rassicurarsi.

Guardò di nuovo all'interno.

La visione che gli si presentò fu la peggiore che avrebbe potuto immaginare. Il cuore gli si fermò, mancando diversi battiti.

All'interno del congelatore c'era una testa, sigillata sottovuoto e congelata.

Posò la pistola e la prese. Una sottile patina di ghiaccio impediva di riconoscere i tratti del volto.

Chiuse il coperchio e posò la testa mozzata sopra. Poi passò una mano sul viso, con il plastico aderente.

Quello che vide lo fece indietreggiare di scatto. Non poteva credere a ciò che aveva di fronte. I suoi occhi divennero rossi; lo schifo si trasformò in frustrazione e poi in rabbia.

Néstor aveva messo nel suo deposito un piccolo congelatore e al suo interno c'era la testa di Mary, quella che era stata la sua fidanzata.

Tutto aveva senso ora. I suoi messaggi impersonali, la sua improvvisa scomparsa e mancanza di comunicazione.

Si sentì in colpa per non averla accompagnata all'aeroporto. In quale momento Néstor l'aveva intercettata?

Cadde in ginocchio sul pavimento di cemento del deposito. Le lacrime di disperazione gli scorrevano sul volto.

La ragazza di New York non era mai tornata a casa, era sempre stata lì, aspettando che Álex la trovasse.

Un pezzo del puzzle si era appena rivelato davanti a lui, ma non faceva parte del vecchio gioco, ma di uno nuovo. Tra i denti di Mary c'era un messaggio. Un nuovo criptogramma che lo avrebbe costretto a riprendere il duello con Néstor.

Il gioco era iniziato di nuovo. O forse non era mai finito. Il ritardo era colpa di Álex, che aveva impiegato troppo tempo a comprendere il prossimo indizio di Néstor, nascosto in una pagina del suo libro.

La seconda fase del gioco era iniziata e questa volta il pacchetto conteneva qualcuno caro al sergente. Ora, non c'era più ritorno.

Ti è piaciuto?

Scopri **"IL DIAVOLO NON DARME MAI"**, la terza investigazione dell'investigatores Álex Cortés .

VAI AL LIBRO.

Una serie di cadaveri smembrati torna a terrorizzare Barcellona. Ognuno ha un significato, un messaggio, un criptogramma.

""Qual è la differenza tra Néstor Luna e il diavolo?
 "Nessuna. Nessuno dei due dorme."

L'ispettore Álex Cortés si trova nuovamente di fronte alla furia omicida del serial killer più prolifico di Barcellona.
 Quando pensava di essere vicino ad arrestare Néstor Luna, questi riesce di nuovo a sfuggirgli.

Álex, per poter salvare la prossima vittima sulla lista del diavolo, dovrà nuovamente confrontarsi con i criptogrammi che troverà sui cadaveri.

Solo con l'aiuto di Karla e di sua sorella, la famosa criminologa, avrà una possibilità di capire la mente dell'assassino e cercare di anticipare le sue mosse.

Il Diavolo Non Dorme Mai è un thriller; un romanzo noir che ti terrà incollato alla poltrona, facendoti sfogliare le pagine e attraversare le strade più inospitali di Barcellona, inseguito da un killer seriale.

Álex Cortés e il gioco di Néstor Luna ti aspettano in un nuovo episodio che ti toglierà il fiato.

VAI AL LIBRO.

SULL' AUTORE

Riccardo Braccaioli (Carpi, 1982) è scrittore, conferenziere e imprenditore digitale.

SULL'AUTORE

Ha scritto diversi bestseller autobiografici e di crescita personale, come **DIARIO di un FALLIMENTO**, **Il POTERE del FALLIMENTO**, tra gli altri. Con la **Serie Malatesta** e la **Serie Álex Cortés** si è affermato come scrittore di romanzi gialli.

Inoltre, se ti è piaciuto questo libro, ti sarei grato se lasciassi una recensione su Amazon. Per noi, gli autori che ci autopubblichiamo, è estremamente importante avere recensioni sulla piattaforma. Queste mantengono vive le opere. Tra le sue opere si distinguono:

Serie Malatesta:
   La Morte del Mentore
   Assassinio nella Costa Brava
   Missione Monaco
   I Segreti del Collezionista
   Malatesta contro Malatesta

Serie Álex Cortés:
   Il Sarto del Diavolo
   Il Profumo della Morte
   Assassino a Bordo

Inoltre, se selezioni il pulsante "+ SEGUI", Amazon ti invierà le mie notizie quando le pubblicherò:

ASSASSINO A BORDO

RICCARDO BRACCAIOLI

Scorri sopra l'immagine per ingrandirla

Segui l'autore

Riccardo Braccaioli — Segui

Libro 2 di 2

Ispettore Álex Cortés, romanzo poliziesco noir,...

Lingua

Italiano

Segnala informazioni del prodotto non cor

Disponibile su questi dispositivi

Printed in Great Britain
by Amazon